闲人痴想录

Idle Thoughts of an Idle Fellow

〔英〕J.K. 杰罗姆 著

秦传安 译

人民文学出版社

PEOPLE'S LITERATURE PUBLISHING HOUSE

Jerome K. Jerome
Idle Thoughts of an Idle Fellow

图书在版编目(CIP)数据

闲人痴想录/(英)杰罗姆著;秦传安译.—北京:人民文学出版社,2016
(幽默书房)
ISBN 978-7-02-011406-1

Ⅰ.①闲… Ⅱ.①杰… ②秦… Ⅲ.①散文集-英国-现代 Ⅳ.①I561.65

中国版本图书馆 CIP 数据核字(2016)第 032941 号

责任编辑:甘　慧　邱小群
封面绘图:杨　猛
封面设计:高静芳

出版发行 人民文学出版社
社　　址 北京市朝内大街 166 号
邮政编码 100705
网　　址 http://www.rw-cn.com
印　　制 利丰雅高印刷(深圳)有限公司
经　　销 全国新华书店等
字　　数 93 千字
开　　本 889×1194 毫米　1/32
印　　张 5
版　　次 2016 年 5 月北京第 1 版
印　　次 2016 年 5 月第 1 次印刷
书　　号 978-7-02-011406-1
定　　价 35.00 元

目 录

初版自序

一两位看过本书手稿的朋友说它还不算太糟，我的几位亲戚甚至允诺：如果它能出版的话，他们将慷慨解囊，购买本书。因此，我觉得自己无权再耽搁它的出版了。要不是因为“公众的需求”（就像人们通常说的），我恐怕不敢把自己的这些“痴想”当作精神养料，斗胆呈现在全世界那些讲英语的读者面前。现如今，读者对一本书的要求，是希望它能给自己带来进益、指导和提升。老实说，我这本书连一头母牛也提升不了。无论如何，我不能昧着良心把它当作有用之物推荐给公众，我所能提供的全部建议只是：当您正襟危坐捧读“百佳图书”时，要是读累了，不妨拿起这本小书，翻它几页，权当是换换口味可也。

J. K. 杰罗姆

偷懒要紧

老实说，对于这个题目我真的可以自诩为行家。在我小的时候，有位老先生以每学期九几尼的价码（可没有额外的乱收费）把我浸泡在智慧之泉里，还总说从未见过像我这样的孩子，用最多的时间做最少的事。我至今还记得，我那可怜的老祖母在一次教我如何使用祈祷书时，偶然地注意到：我总是对那些不该做的事不亦乐乎，而把几乎每一件该做的事，都丢到九霄云外。

我恐怕不能不承认，老太太的预言多半已成事实。老天帮我！不管我多么懒惰成性，总算也还做了一些我本不该做的好事。然而另一件事倒是被老太太不幸而言中，她说我老是忽略那些应该关心的事，而去关心那些应该忽略的事。偷懒一向是我的强项，我并不把这归功于自己的努力——这实在是一种天赋。不客气地说，只有少数人才具备这种天赋。世上懒人多多，其实许多懒汉只不过是呆汉而已，真正的懒人凤毛麟角。懒人并非那些抄着双手无所事事的家伙，相反，懒人最引人注目的特征是：他们总是忙忙碌碌。

除非你百事缠身，否则就难以充分享受偷懒的快乐。无所事事实在毫无乐趣可言。消磨时光简直是一门职业，而且是一门耗神费力的职业。懒之为乐，一如接吻，只有偷来的，才会甘甜无比。

许多年前我生过一场大病，那时我还很年轻，除了觉得浑身发冷，实在也看不出自己有什么大问题。不过想来事情应当很严重，因为医生说我应该早在一个月之前就去找他，要是这病（且不管是什么病吧）再拖上一周，后果实在堪虞。这真是莫名其妙，我从不知道医生什么时候有过治疗及时的事，也搞不懂为什么耽搁一天就会丧失治愈的希望。我们的医学导师、哲学家兼朋友就像情节剧里的英雄，总是在最紧要的关头，而且仅仅在这一刻，才闪亮登场。这就是神意，谁也拿他没办法。

好了，正如上面所说，我病得不轻，医生安排我到巴克斯顿[①]去住上个把月，并严令我在此期间不能做任何事情。“你需要休息，”医生说，“完完全全的休息。”

前景似乎很是喜人。我心里说：“这家伙对我的心思倒是摸得蛮透嘛。”于是乎，我开始给自己描画即将到来的愉快时光——整整四周甜蜜的闲暇，再添上一点小病小痛：大病不可有，小恙斯足矣——几分苦楚，几分诗意。晚晚地起床，呷一口巧克力，穿着睡衣、趿着拖鞋去吃早餐。躺在花园的吊床上，读几页结局悲伤的言情小说，直到书本从我倦怠的手中无声地滑落。我躺在那儿，出神地望着蔚蓝色的天空，絮云片片，一如白帆点点，听小鸟欢快的啁啾，还有树叶沙沙的细

① 巴克斯顿，英国德比郡一处著名的疗养胜地，以热矿泉闻名于世。

语。或者，如果病体虚弱得无法出门，就让枕头支撑起自己，坐在敞开的窗前，看上去病容憔悴，惹得窗外路过的漂亮女孩频频回首，低回叹息。

我每天两次坐轮椅到科伦纳德去喝水——那该死的矿泉水！虽说我对它一无所知，但一开始就喜欢上了这个主意。“喝矿泉水”，听上去还挺时髦的，有点安妮女王[①]的派头。我想我应该会喜欢的吧。然而——噢！上帝！最初的三四天之后！——矿泉水的那个恶心劲儿，萨姆·威勒的评论（比如“味道就像烧热的熨斗”之类）真算是轻描淡写啦。

如果有什么东西能使病人尽快康复，权威的意见就是让他每天喝一杯那种水，直到他痊愈。我连续喝了六天纯矿泉水，差点没被弄死。不过我很快找到了一种妙法：喝完水之后，紧接着喝一杯白兰地压在上面，可以将那种恶心感稍稍减轻一些。后来，许多名医都告诉我，酒精能把矿泉水中所含的铁质完全抵消。我偷偷地乐了，为自己总算歪打正着做了一件正确的事而庆幸不已。

不过说实在话，“喝矿泉水”还只是我在那难忘的一个月里所遭受的折磨的一个小小部分而已，那一个月差不多把一生的罪都受了。大部分时间我都谨遵医嘱，除了绕着房子和花园瞎转悠，以及每天两小时坐轮椅外出，其他什么都不做。不过，坐轮椅在一定程度上还是打破了单调乏味。这项运动其实

① 安妮女王（1665—1714），英国女王（在位时间 1702—1714），在位期间，将英格兰和苏格兰合并，称“大不列颠王国”（1707），因此她被认为是大不列颠第一位国王。

要比那些粗心的观察者所认为的要刺激得多，尤其是在你还没有习惯这种让人兴奋的训练时，便更是如此了。那种提心吊胆的感觉，旁人恐怕体会不到。你会确切地感受到每一分钟都必须小心谨慎，每当一条沟渠或是一段碎石路出现在面前，这种感觉就变得格外活跃。每一辆经过身边的车子看起来都会撞上你，上坡下坡更是紧张得找不到自己，生怕自己的命运之神因为一时的犹疑而失去控制（这简直极有可能）：一失手成千古恨，再回头已百年身。

但是，这样的娱乐不久也完全失效，随之而来的倦怠直教人无法忍受。我感觉到自己的意志在这种厌倦感之下开始崩溃。我的头脑并不坚强，并且我认为对它提过高的要求亦实属不智。于是，大约在第二十天的早晨吧，我起了个大早，享受完丰盛的早餐，就径直步行到金德·斯卡特山[①]脚下的海菲尔德——一个愉快而忙碌的小镇，穿过一条美丽的山谷，那儿有两位甜蜜漂亮的女人。至少她们当年甜蜜而漂亮，那次我在桥上和其中的一位擦肩而过，我记得她曾莞尔一笑；而另一位则站在一扇打开的门前，把一个不求回报的吻，印在一个小男孩红扑扑的脸上。那是几年前的事了，我敢说她们现在一定出落得更加丰腴活泼。

回来的路上，我看到一个老头在砸石头，心里不免跃跃欲试，想上前助他一臂之力，于是就提议要请他喝一杯，条件是

① 金德·斯卡特山，英国德比郡一座大山，海拔 631 米。

把他的位子让给我来一试身手。老人是个和善的人，当然不好意思拒绝我。我带着憋了三个星期的力气走向石头堆，结果我半个小时干出的活比老头一整天干的还多。但老头也还沉得住气，看不出有什么妒羡之意。

有了这一次的冒险尝试，我越来越深地陷入这种消遣。每天早晨外出远足，晚上则去临时剧场听乐队演奏。虽然如此，日子过得还是很慢，等到最后一天终于过去，我满心欢喜地从痛风和肺病之巴克斯顿飞快地回到伦敦，回到严肃刻板的工作和生活之中。晚上经过海登[1]的时候，我从车里放眼望去，看到炫目的城市之光笼罩在伦敦的上空，心里不由得暖烘烘的。过了一会儿，车子进入圣·潘克拉斯[2]车站，古老而熟悉的喧闹声潮水般地包围了我，那是这些日子以来我所听到的最美妙的音乐。

老实说，这一个月的游手好闲并没有让我享受到偷懒之乐。我所喜欢的是忙里偷闲，假如偷懒成了我唯一可做的事，则不免兴味索然。这真是一种顽固的天性。在我靠着壁炉兴致盎然地清点我到底欠了多少钱的时候，桌子上的信件堆得老高，我必须赶在下趟邮班之前全部回复。当我在晚餐桌旁无谓地消磨大把时光的时候，夜晚繁重的工作就摆在我的面前。如果（由于某些急迫的原因）我不得不早起的话，那正好是我要比平时在床上多赖半个小时的最好理由。

---

① 海登，伦敦北部的一个小镇。
② 圣·潘克拉斯车站，伦敦最大的火车终点站。

啊！多么惬意，翻个身，一边重新入梦一边教导自己："只睡五分钟。"我倒真想知道，除了主日学校"讲给男孩们听的故事"中的英雄，世界上到底还有谁会心甘情愿地准时起床呢？对有些人来说，按时起床简直不能容忍。如果必须八点起床，他会毫不犹豫地睡到八点半；当然，要是条件改变，八点半也正好合适，那么不用说，九点之前你不要指望他会从床上爬起来。他们就像政治家一样，总是比自己答应的时间要晚到半个小时。天地良心，他们的确也曾尝试过各种确保准时的方法。他们买闹钟，正如你所知，这是一项狡猾的发明，它总是在不该闹响的时候闹响，惊吓那些受不得惊吓的人。他们让女仆到时敲门叫醒自己，可等到女仆敲门的时候，他们却嘟囔一声"走开"，重又舒舒服服地睡去。我认识一个人，他倒是能准时起床，还洗个冷水澡，但到底还是无济于事，因为这之后他会重新跳到床上去，说是让自己暖和暖和。

我自忖，一旦起床的话，倒是有把握不会再回到床上去。最痛苦的还是让脑袋离开枕头，我发现这事是如此艰难，即使头天晚上下多大的决心，也不会使事情变得哪怕容易那么一点点。浪费了整个早晨之后，我对自己说："好吧，今天晚上不再多干活了，明天总该起早一点才好。"下定决心，争取早起，又有何难。可是到了早上，我对自己昨夜的雄心壮志就不那么热衷了，反过来一想，要是昨晚能睡得更早一点就好了。并且，接下来的麻烦事就是穿衣服，越想到这一点，就越巴不能把已经穿上的衣服索性脱下来。

床真是一件奇妙的东西，说它是模拟坟墓亦无不可，我们舒展疲惫的四肢，平静地沉入寂静和睡眠。“床啊床啊，美妙的床，对于疲惫的头颅，你就是地上的天堂。”正像可怜的胡德[1]所唱的那样，对于我们这些烦躁的男孩女孩，你就是慈祥的老保姆，无论我们聪明或愚蠢，顽皮或驯良，你都会抱上我们放在你母亲般的膝头，平息我们任性的哭喊。愁绪满怀的强者，痛苦盈体的病人，为负心人泪流满襟的少女，我们像孩子一样，把我们痛苦的头枕在你洁白的怀抱里，你轻柔地抚慰我们，直到我们对你道声“晚安”。

当你转身离去，当你不再安慰我们，我们的烦恼就是真切的疼痛。当我们彻夜难眠，黎明的脚步是那样地姗姗来迟。啊，那些可怕的夜晚，当我们在发烧和疼痛中辗转反侧，我们躺着，像已经死去的活人，凝视着那黑暗的时间在我们和灯光之间缓慢流淌。啊，比黑夜更为可怕的寂静！当我们对他人的痛苦无动于衷，当低沉的火苗不时地落下灰烬，时钟的嘀嗒就像锤子一样，正在敲平我们悉心守护的生命。

够了，关于床和卧室恐怕真的说够了。我流连于此实在太久，即使对一个懒人来说，也未免太久了。让我们走出卧室，抽支烟吧。要知道抽烟亦是消磨时光之一法，并且，好像也还不算很坏。烟草这种东西，真是懒人的神赐之福。沃尔特爵

① 托马斯·胡德（1799—1845），英国诗人，其诗作多抗议不合理社会现象，其幽默诗亦颇负盛名。

士[①]时代之前的国家公职人员拿什么占据他们的头脑，真是难以想象。我认为，中世纪的年轻人之所以成天争吵不休，完全是因为缺乏烟草的缘故。他们无事可做，亦无烟可抽，于是就只能成天争吵打架。如果——十分偶然——没有战争爆发，他们就会在邻里间挑起争端。又如果——不管打不打架——他们的手还稍稍有些空闲的话，他们就用这个时间来讨论谁的情人最好看，而作为论据的，通常是双方所持的斧头、棍棒，以及诸如此类的东西吧。趣味之类的美学问题立马就能得到解决。

十二世纪的青年堕入情网，你可别指望他会后退三步，凝视情人的眼睛，然后告诉她：你太美了，美得简直让人活不下去。他会说他要到外边去看看，倘若正好碰上那么一位仁兄，并打破他的脑袋——我指的是另外那个家伙的脑袋，这就说明他——前一个人——的情人是个漂亮姑娘。但要是另一个家伙打破他的头——不是他自己的，这你知道，而是另一个家伙的——另一个家伙是对第二个家伙而言，这就是说，因为事实上另一个家伙仅仅对于他来说才是另一个家伙，而不是第一个家伙——好了，如果他的头被打破，那么他的女孩——不是另一个家伙的，而这个家伙……[②]你瞧，简单说吧，如果甲打破了乙的头，那么甲的情人就是一个漂亮女孩；反之，如果乙打破了甲的头，则甲的情人不是漂亮女孩，乙的情人才是。这就

① 沃尔特·罗利（1552?—1618），英国大臣，航海家，殖民者，作家。他是伊丽莎白一世的宠臣，把烟草和马铃薯传入欧洲。詹姆斯一世时被判犯叛国罪，获释后又到圭亚那进行了一次远征，远征失败而被处死。

② 作者在这里故意戏仿当时那种绕来绕去、越绕越糊涂的文风。

是他们进行艺术批评的方法。

现如今，我们把谁最漂亮这个棘手的问题交给女孩们内部自行解决。而我们要做的，就是点燃烟斗作壁上观。

对付这样的事情，她们个个都是高手。她们正越来越起劲地干起了男人们从前的勾当。她们是医生、律师、艺术家，她们经营剧院，设置骗局，编辑报纸。我正期待着有朝一日我们男人彻底无事可做，在床上躺到十二点，每天读两本小说，下午五点享受独自喝茶的好时光，将我们无处发挥的聪明才智用来探讨最时髦的裤子款式，争论琼斯先生的外套做工如何？是否合身？以及诸如此类的事情。这真是一幅辉煌的前景——当然是对懒人而言。

爱情是天花

当然，你正在恋爱，假如你此前尚未有过这种经历的话。爱情就像天花，我们每一个人都要经历那么一次。而且正如天花那样，我们一生也只会得一次，你永远不必担心会第二次染上它。男人一旦染上爱情这种天花，就敢到最危险的地方去，要弄最愚勇的把戏而安然无恙。他能在阴暗的森林里野餐，能在枝叶茂盛的林阴道上游游荡荡，能漫步在布满苔藓的石阶上观赏落日的余晖。他对静谧的乡间小屋的恐惧，不会比对俱乐部的恐惧更多分毫。他能在参加某次家庭聚会的时候，突然跳入莱茵河。目睹了一位朋友的悲惨结局，他依然敢冒险将自己放进结婚仪式的虎口。他在销魂华尔兹的飞速旋转中能保持头脑清醒，然后在黑暗的暖房里休憩，尽管最后所得到的，可能只是一场感冒。他能在芬芳馥郁的月光小径间放胆漫步，在黎明前的黑暗中神出鬼没。他能平安无事地翻越篱墙，爬过乱蓬蓬的藜栅而不被钩住，在光溜溜的小路上滑行而不摔跟头。他能直视耀眼的阳光而不目眩。他听到塞壬①的歌唱却能舵不转向地继续航行。他紧握自己白皙的双手，却不会被“带电露露”②般的魔力抓住。

---

① 塞壬，希腊神话中一群以甜美歌声迷惑水手的女妖。

② 带电露露，当时美国的一位特异功能表演者，据说她的手可使人产生触电的感觉。

不，我们绝对不会第二次染上恋爱病。丘比特舍不得在同一颗心上浪费他的第二支箭。只有爱情的侍女——尊重、赞美、友爱——才是我们一生的朋友，我们的心灵之门永远朝她们敞开，而她们伟大的、天神般的主人，她高贵的巡游从来只肯临幸我们一次，然后一去不返。是的，我们还会喜欢一个人，我们还会珍爱一个人，我们也还会对某个人充满非常强烈的渴望，但是，我们决不会再度堕入爱河。男人的心有如焰火，只能一次性地向天空绽放他璀璨的火花。它像流星一样瞬间划过天际，将整个世界笼罩在它的流光溢彩之中。随后，我们再度被琐碎生活的沉沉夜幕所包围，燃尽的空壳落到地上，百无一用，无人理睬，在不为人知的角落慢慢化为灰烬。一旦挣脱囚笼，我们就勇气倍增，像强大的老普罗米修斯那样无所畏惧，攀上奥林匹斯山巅，从日神的战车上偷取众神的圣火。他们是幸福的，趁圣火未泯，赶快去点燃尘世祭坛上的蜡炬。爱情之灯太纯洁了，它无法在我们呼吸的污浊空气里长久燃烧。当然，在它被窒息之前，我们可以用它作为火种，去点燃友爱的和煦之光。

毕竟，这样的和煦之光比热烈燃烧的爱情之火，恐怕更适合我们这个小客厅般的寒冷世界。爱情是那些高庙大殿里的圣洁之火，巨大幽暗的穹顶上，回荡着管风琴的音乐声。当爱情炽烈的火焰摇摇曳曳地熄灭，友爱之火将欢快地燃烧。随着人们日复一日地添柴加炭，在寒冷的岁月里，友爱之火将越烧越旺。老头老太太可以坐在火边紧握他们枯瘦的手，孩子们可以依偎在他们膝前，朋友和邻居也能在炉旁找到欢迎他们的角落，即使是皮毛粗糙的大狗和毛发光洁的小猫，也可以在火炉的围栏上烤烤它们的鼻子。

让我们往火堆上添加仁爱之炭吧。献出你令人欣悦的言辞，伸出你轻柔温和的双手，拿出你体贴无私的行动，用乐观、克制和宽容把炉火扇得更旺。你不必在意风吹雨打，因为你的炉膛里温暖明亮；你也不必在意霭云密布，因为环绕着你的一张张脸庞沐浴着灿烂阳光。

亲爱的埃德温和安吉莉娜，我担心，你们对爱情的期望过高。你们以为，你们小小的心房有足够的养料去喂养这狂暴而饕餮的激情，使它能够持续漫长的一生。哦，年轻人！不要过于信赖这摇曳闪烁的爱情火苗，它将渐燃渐弱，就像岁月的流逝，最终因得不到燃料的补充而熄灭。你们将在悲伤和绝望之中，看着它慢慢地灰飞烟灭。曾经的温暖渐渐变作彻骨的寒冷，每个人都认为错在对方。埃德温满心酸楚地看着安吉莉娜。可怜的埃德温，不再有人满脸绯红、面带微笑地跑到门口，远远地迎接你的归来。现在，你咳嗽的时候，也不再有人哭叫着用双臂搂紧你的脖子，流着眼泪说，没有你她就不能活。最多，她会建议你喝点止咳糖浆，即使如此，你也能听得出她语气里的暗示，她多么想躲避这咳嗽声。

可怜的小安吉莉娜也暗自垂泪，因为埃德温已不再把她赠送的那方旧手帕，像宝物样珍藏在自己马甲的口袋里。

两人都为对方的冷淡而感到惊讶，却没有注意到自己的变化。如果他们能够看到这一点，也就不会这样痛苦。那样，他们将从正确的方向——人类天性的褊狭——寻找原因，在共同的失败中再度携手，并且在更现实也更持久的基础上，重新开始建设他们的家庭。然而，遗憾的是，我们总是对自己的短处视而不见，对别人的缺点明察秋毫。偶然落在我们头上的不幸也总要归咎于别人的过错。埃德温要不是变得这样冷漠生疏，安吉莉娜一定会爱他永永远远；而安吉莉娜要是像埃德温初次见到时的模样，永葆青春，埃德温也准会崇拜她直到来生。

当爱情之灯已经熄灭，而友爱之火尚未点亮，那将是你们最困难的时刻，你们将不得不在寒冷中摸索前行，直到生命重现曙光。上帝将赐福给那些在黑暗降临之前能及时找到光亮的人们。多少人只有瑟瑟发抖地坐在将灭的炉旁，直至黑夜来临。

然而，说教又有何用？年轻的爱情在血管里奔涌，谁能想到曾经的涌流将会变得虚弱而缓慢？在二十岁的小伙子看来，他的爱到六十岁时还将同样的炽烈。虽然他想不起在自己的熟人中，有哪个中年人或者老先生还有这样的疯狂之举，但这依然不能动摇他的自信。不管别人的情形如何，他的爱绝不会有丝毫的消减。毫无疑问，没有谁像他那样爱过，因此，世人的经验对他的情形没有指导意义。噢，噢！这个家伙还不到三十岁就加入了讽世者的行列。这不是他的错。我们的激情，好也罢坏也罢，早已随同我们的羞愧一起消失了。我们不再憎恨，也不再悲伤，不再欢乐，也不再绝望，我们年届而立，不再是十几岁的毛孩子了。我们伤心失意，但不会企图自杀；我们畅饮成功，但不会烂醉如泥。

活到这把年纪，我已经学会了处事低调。生活喜剧的后半部分再难有雄奇壮丽的篇章。目标远大的万丈雄心也日渐消磨。时过境迁，对待荣誉亦更加理性。至于爱情——爱情已死。“羞谈年轻梦想”的心理犹如肃杀的寒霜，爬满我们的心。温柔的表白戛然而止，绽放的花蕊悄然凋萎。那株渴望把枝蔓伸向世界的幼藤，如今只剩下枯败的残桩。

我知道，年轻的朋友将会把这些陈词滥调视为异端邪说。一个男人从告别童年到不谈爱情，其间的路还很长，直到斑斑白发爬上两鬓，他们才会幡然领悟这些逆耳之言。年轻女子是从女性作家的小说里得到关于异性的概念，并且，和那些噩梦般的文学作品中的戴怪物面具的男人比起来，毕达哥拉斯拔光羽毛的鸟①和弗兰肯斯坦怪物②简直是标准的人类范本。

在这些所谓的“书”里，头号情人，或者像人们赞颂的那样叫“希腊神祇”——附带说一句，人们并没有指明和这位先生惊人相似的到底是哪位尊神——可能是驼背武尔坎，或者是双面杰纳斯，甚至是聒噪者西勒诺斯，总之是一些玄妙神秘的神祇③。不管怎样吧，作为一个恶棍，他和整个神圣家族的其

① 古希腊哲学家柏拉图曾将“人”定义为“没有羽毛的两足动物”。哲学家狄奥根尼将一只拔掉羽毛的鸡拿到柏拉图的学园，对众人说：“这就是柏拉图所说的人。”作者在此处将柏拉图误记为毕达哥拉斯。

② 弗兰肯斯坦，英国作家玛丽·谢莉（1797—1851）的同名小说中的主人公，他用尸体器官制造了一个怪物，结果导致了自己的毁灭。

③ 这里提到的希腊或罗马众神是：武尔坎，火与锻冶之神；杰纳斯，古罗马门神，有两个朝向相反的面孔；西勒诺斯，森林之神，酒神巴克斯的养父。

他神祇并无不同，这也许才是问题的关键所在。然而，即便是他的古典原型，好歹也还有那么一点点男人气概。但躺在四十岁的阴影里，他蔫头耷脑，生气全无。可是，噢，对学校女生来说，这些老家伙的情感世界真是深奥而广大。缩起你们的头吧，尔等年少轻狂的罗密欧和勒安得耳[①]。那些厌于享乐的老情种们的爱情是如此狂热炽烈，需要在每个名词前边加上四个形容词，才能加以描述。

亲爱的女士们，你们只知道啃书本，这对我们这些老混蛋来说真是一桩好事。如果你们真懂得男人，就该知道，男孩们羞羞答答、结结巴巴讲出的故事，要比我们厚颜大胆的滔滔雄辞更加真实。男孩的爱情来自丰满的心灵，成年男人的则常常来自丰满的肚皮。的确，和爱神的魔棒在男孩心头敲击出的奔涌泉水相比，成年男人的缓慢水流恐怕称不上什么爱情。如果你想品尝爱情的甘美，就请畅饮年轻人倾注在你脚下的那汪清泉。莫要等到它变成一条浑浊的河流，你才躬身掬取那清澈不再的浊浪。

或许你喜欢它的苦涩——这是明摆着的，对你的味蕾来说，清澈之水实在寡淡无味，也许只有当它在流动之后变得污浊，才能使你唇舌生津？难道我们真的应该相信人们所告诉我们的：年轻女孩愿意爱抚的，偏偏是那些被下流生活的污行秽德所沾染的双手？

---

① 勒安得耳，希腊神话中爱恋海洛（阿佛洛狄特的女祭司）的年轻人，他每夜泅渡达达尼尔海峡与海洛相会，后被淹死。

这些正是黄色封面的书中日复一日大声宣讲的教义。我不知道人们可曾停下来思考：那些在上帝的花园里爬来爬去的魔鬼的女帮手们，将给我们带来怎样的危害？她们告诉幼稚的夏娃们和愚蠢的亚当们：罪孽是甜蜜的，而庄重是粗俗可笑的。有多少天真少女没有被她们引诱而堕落为满心邪念的女人？又有多少柔弱少年没有被她们教导：卑鄙小路是通往少女心田的捷径？生活的真相并不像她们笔下的那样。只有说真话，正义才有保障。但是，她们却根据自己的病态想象，胡涂乱抹地描绘粗俗拙劣的图画。

我们想到女人，不要把她们看作——正如她们的性别所显示的——引诱我们堕落的罗累莱[①]，而应视为引导我们向上的美丽天使。她们身上所具备的善恶力量比她们所梦想的要大得多。男人们正是在他们性格形成的年纪吃尽爱情的苦头，然后，他所爱的女孩造就他，或者毁了他。他在不知不觉中把自己塑造成她所期望的样子，好或者坏。我很抱歉我说出不招人喜欢的话：我并不认为女人会自始至终利用她们的影响力来达到最好的结果。女性世界经常被束缚在琐碎平凡的局限性之中。她们心目中的英雄是小王子，为了变成这个样子，多少强而有力的头脑为情所困，“失去生活、价值、名誉和声望”。[②]

---

① 罗累莱，德国民间传说中的莱茵河女妖，出没于莱茵河的岩石上，以美貌和歌声诱惑水手使其船触礁。

② 语出英国桂冠诗人丁尼生（1809—1892）的诗 *Merlin and Vivien*。

可是，女人们，如果你们愿意，你们就可以将我们造就得更好。这全在于你们，你们可以推动这个世界，使其和天堂挨得稍稍近一些，在这方面，你们比所有的传教士都将做得更好。骑士精神并未死去，只是因为无事可做而沉入了睡眠。唤醒它，去完成它的高尚事业，这就是你要做的。你必定无愧于你所受到的骑士般的崇拜。

你们必须比我们更高。红十字骑士的战斗是为了巫娜[①]，杀死蛟龙可不是为了涂脂抹粉矫揉造作的宫廷贵妇。哦，美丽的女士，让你们的头脑和心灵也像你们的脸庞一样娇美，这样，勇敢的骑士才会因为服务于您而赢得荣耀。啊，女人，掀掉你自私自利、厚颜无耻、虚情假意的斗篷，穿上你朴素纯洁的高贵礼服再一次站上前来！一千把利剑（它们曾在可耻的懒惰中锈蚀）现在将扬眉出鞘，为你的荣耀同邪恶决一死战；一千位罗兰爵士[②]擎持着长矛，恐惧、贪婪、享乐和野心将在你的光彩面前堕入尘埃。

在我们尚未因爱过而变得成熟的那些日子，我们的行为是多么高尚啊！为了爱人，什么样的高尚生活我们不能去过？爱就是我们的宗教，我们愿意为之慷慨赴死。我们爱慕的不是那些仅仅和我们自己一样的人类生灵，我们效忠的是女王，我们崇拜的是女神。

我们多么疯狂地崇拜，这崇拜又是多么地甜蜜。啊，小伙

① 巫娜，斯宾塞的长诗《仙后》(*The Faerie Queene*)中真理的化身，红十字骑士圣乔治曾为她屠龙。
② 罗兰爵士，中世纪传奇里最著名的勇士。

子，珍藏你爱情的青春梦想，直到它香断魂销。你很快就会理解托马斯·摩尔[①]的歌词是多么真切，他说生活中没有任何事情有爱情一半的甜蜜。甚至当它带来痛苦，那也是一种疯狂而浪漫的痛苦，和伤心事后的那种迟钝的世俗痛苦全然不同。当你失去它，当你生活的光亮悄然熄灭，世界在你面前展开一条漫长黑暗的恐怖之路，即使在那时，你的绝望里也混杂着一半的心醉神迷。

谁不愿意冒恐怖的危险去体验得到爱情的狂喜？噢，那是怎样的狂喜啊！仅仅是事后的回想也会让你为之颤栗。多么美妙的回味，你告诉她你爱她，为她而活，也将为她而死。的确，你满嘴胡话口出狂言滔滔不绝，噢，当她假装不相信你的话，那对你是如何的残酷！站立在她的面前你何等地心怀敬畏。当你冒犯了她，你是如何痛苦不堪！可是，当你被她欺负，乞求她的原谅，而对自己的过错又一无所知，这对你又是一件多么有趣的事情！当她冷落你时，世界是多么黑暗！她常常这么干，这小坏蛋，只是为了欣赏你的可怜样。当她莞尔一笑，世界多么阳光。你多么忌妒她身边的每一个人。你多么痛恨那些和她握手的男人以及她亲吻的女人：为她做头发的女仆，给她擦鞋的男孩，甚至她养的小狗——尽管你不得不对它也表示尊敬。你那样急切地盼望她的到来，见到她又显得那样愚蠢笨拙，目不转睛地看着她，却一个字也说不出来。真是不

---

① 托马斯·摩尔（1779—1852），爱尔兰诗人、作曲家，他的著名作品有《夏日里最后的玫瑰》和《常在万籁俱寂的夜里》等。

可想象，无论白天还是黑夜，你任何时候走出家门，最终总会发现自己痴痴地站在她的窗前。你没有足够的勇气走进她家，只能徘徊街角，远远地凝望。噢，要是那屋子突然失火——买了保险，所以不会有什么损失——你将会冒着生命危险冲进去，救出她，任凭自己被严重烧伤。任何能为她效劳的事，即使是最微不足道的事，也那样甜蜜。你像个马屁精样时刻观察她的一举一动，以期及时察觉她最微小的愿望。执行她的命令让你如此自豪，环绕在她的身边，听候她的调遣，这是何等愉快！你对她倾注了整个生命，却从不想到自己，而这似乎是如此简单的事情。即使不是节假日你也会到她的圣殿，呈上一份微贱的贡品，要是她能屈尊笑纳，你就会认为得到了双倍的报偿。有幸被她轻触过的任何东西都被你视为珍宝——她的小手套，她用旧的丝带，那曾依偎于她的秀发之间的玫瑰花，那凋零的叶瓣上仍留有你题诗的痕迹，只是你现在已经不愿再看一眼。

啊，她多么美丽，多么令人惊叹的美丽。她像天使一样地进到房间，周围的一切顿时黯然失色。她如此神圣，不可触及，哪怕是短暂的凝视，对她也似乎是冒犯。亲吻她的念头会让你立刻联想到在大教堂里演唱滑稽小调。即使是跪在地上胆怯地把她的纤纤小手捧到你的唇边，也够得上是亵渎神圣了。

啊，那些愚蠢的日子！那些愚蠢的日子我们无私而纯洁；那些愚蠢的日子我们简单的心灵里充盈着真理、信念和敬畏，那些满怀高尚渴望和高贵冲动的愚蠢的日子啊。噢，如今这些聪明智慧的日子，我们懂得了金钱是值得为之奋斗的唯一奖赏，我们除了卑鄙和谎言，不再相信别的任何事情；我们除了自己，不再关心任何活着的生灵。

忧郁的乐趣

我能够享受忧郁所带来的乐趣，那是一种透彻的悲凉感所带给人的极大满足，然而没有谁会喜欢突如其来的坏心情。但人人都会遭遇这种糟糕时刻，虽然没人能说出个中缘由。这种现象真是无从解释。某一天，你突然继承了一大笔遗产，就像另一天你把自己的新绸伞忘在了火车上一样，你突然陷入情绪低落之中。它对你的影响，大致相当于牙疼、消化不良以及头疼脑热之类对你的一次联合袭扰，你变得愚蠢、烦躁、易怒，对陌生人粗鲁无礼，对朋友也相当危险。举止粗俗，感情脆弱，冲动好斗。成了一个让自己和旁人都很讨厌的家伙。

当是时也，你做无可做，想无可想，虽然你觉得好像应该做点什么，想点什么。你无法安静地坐下来，于是就戴上帽子出门散步，可没等走到街角，你就后悔不该出来，一边想一边就折身回返。你翻开书，试着读上几页，但很快发现莎士比亚满腔陈词滥调，狄更斯沉闷乏味，萨克雷①令人生厌，而卡莱尔②则过于多愁善感。你一边念叨着作者的名字，一边把书扔到一旁。你嘘的一声把猫轰到屋外，再飞起一脚踹上房门。你

① 威廉·梅克皮斯·萨克雷（1811—1863），英国作家，其著名小说《名利场》，全面探讨了维多利亚时期的社会现实和伦理问题。

② 托马斯·卡莱尔（1795—1881），英国历史学家和散文作家，其著作以对社会和政治的犀利批评和复杂的文风为特色。

想要写几封信，刚戳下几行“最亲爱的姑妈：我刚好有五分钟的空余时间，所以匆匆给你写这封信”之后，足足愣了有一刻钟，再也想不起下面要写的句子。你把信纸塞进抽屉，将蘸水笔往桌布上一掷，站起身来，决定去汤普森家走走。可是，在你戴上手套的时候，突然想到汤普森家实在都是些白痴，他们从不吃晚饭，没准他们还指望你能逗他们的孩子玩耍。你一边骂着汤普森一家，一边打消了出门的念头。

现在，你觉得自己完全垮掉了。你把脸埋在双手之间，心想还不如死掉算了，这样可以去天国。你为自己描绘了一副缠绵病榻的悲惨模样，亲友们围在你的身边垂泪哭泣。你祝福他们所有的人，尤其是其中年轻漂亮的。你死后他们会对你做出评价，你这样告诉自己，并痛恨自己对他们所遭受的损失知之甚晚。比之于你所料定的他们应当给予你的尊敬，看看他们现在的表现，你的内心又不无苦涩。

这样的胡思乱想带给你些许快意，但稍纵即逝。接下来的那一刻，你会想到，有谁会对发生在你身上的什么事情感到悲伤难过呢？真是自欺欺人。谁会在乎两根稻草（不管这两根稻草的计量是如何精确），你是炸死吊死，还是打死淹死，没有人会对你感兴趣。你从未得到过恰如其分的赏识，也从来没人给你应有的奖励。回顾平生，想到自己从摇篮开始就受到不公正对待，不由得黯然神伤。

沉湎于这样的情绪状态足足有半个小时之久，你开始变得狂躁不安，对所有的人和事都怒不可遏，尤其是对你自己，仅仅是由于生物构造方面的原因，才避免了你把自己踢个稀烂。好不容易挨到了上床的时间，这才把你从危险的想入非非之中打捞上来。你连蹦带跳地上了楼，脱下衣服，把它们扔得满房间都是。吹灭蜡烛，跳到床上，就像是押了一个很大的赌注，你做的全部事情，只是要和这该死的时间赌它一把。在床上，你颠来倒去，辗转难眠，差不多有两三个小时之久。你一会儿扯下身上的衣服，一会儿又重新穿上，似乎是以此来打破单调。许久之后，你才断断续续地沉入睡梦，梦里险象环生，醒来已是早晨。

从最低限度说，我们这些可怜的单身汉面对此情此景，大概也只能如此。已婚男人则可以在老婆面前逞逞威风，吃饭的时候打鸡骂狗，睡觉之前，命令兔崽子们先上床。这些做法虽说会在家里制造一些骚乱，但对于一个陷入低落情绪而不能自拔的男人来说，实在也是一种莫大的排遣，因为这种时候，吵架也许是他唯一可以提得起少许兴致的一项家庭娱乐。

形形色色的忧郁病所表现出来的症状大致一样，病因却各不相同。诗人们说“一种哀愁之感笼罩着他”。哈里提及这种难以描述的沉重心境时，就告诉吉姆他“心里堵得慌”。你妹妹不明白今晚到底怎么了，她沮丧透顶，希望不会有什么事情发生。每天总有年轻人因为“今晚太不爽了”，而在见到你的时候来一句“老家伙，见到你真是高兴死了”。至于我自己，我通常会说“今晚我有一种古怪的心神不宁的感觉”，而且，“心想我也许该出去走走”。

顺便说一下，忧郁从不在傍晚之前到来。阳光之下，满世界都是活蹦乱跳的生命，我们没有工夫停下来垂头丧气。工作日的喧嚣淹没了淘气精灵的声音，它曾在我们耳边低吟浅唱《我主垂怜》[①]。在白天，我们生气，扫兴，甚至发怒，但绝不会“陷入低落情绪”，绝不会意气消沉。要是在上午十点钟出了什么差错，我们（或者最好是你们）就会大声诅咒，捶桌子打板凳；但是，如果倒霉事在晚上的十点降临，我们就阅读诗歌，或是坐在黑暗之中，冥想着这个世界竟是如此空虚。

通常情况下，使我们忧郁的并不是烦扰本身。明确的事实对于脆弱的感情未免是一桩太严酷的事情。我们在一幅画作面前低首落泪，但对现实中的原型却只投以匆匆一瞥，很快就移开我们的目光。真实的苦难中没有哀婉悲怆，一如实在的悲痛中也没有舒适享乐。我们既不舞弄锋利的刀剑，也不打算把噬人的狐狸拥入胸怀[②]。当一个男人或女人乐于咀嚼悲伤，并悉心守护，使之在记忆里新鲜如初，你就可以确信，那一切对他或她已不再是一种伤痛。最初的悲恸已经渐次消弭，事后的回忆反倒变成愉悦。一些老太太每天总要打开散发着薰衣草香的抽屉，查看她们小巧的鞋子，泪眼婆娑地想起一双小脚蹒跚学步的日子已经过去了许多年。那些面容娇好的年轻姑娘，每天晚上将几缕青丝珍藏于她们的枕下，那些发丝曾卷曲在一个少

① 《我主垂怜》，17 世纪意大利人格雷戈里奥·阿列格里（1582—1652）为《圣经·旧约·诗篇》第 51 篇所谱写的合唱曲。

② 语出美国作家拉尔夫·爱默生（1803—1882）的《训诫》第 150 篇。

年的头上，伤心的泪水曾将它湿透。你们也许会认为我是个令人生厌、愤世嫉俗的冷血动物，我说的一切纯属胡说八道。但我仍然相信，假如她们诚实地扪心自问：如此沉湎于自己的悲伤难道真的能从中寻觅到一丝不快？她们恐怕只好回答："不是。"对某些人，泪水如同欢笑一样甘甜。臭名昭著的英国男人（我们从古代编年史家傅华萨[①]那里知道这一点）总是悲伤地感受快乐；而英国的女人则走得更远，她们直接从自己的悲伤里得到快乐。

我不是冷嘲热讽。在这个坚如铁石的古老世界里，我不会嘲讽任何能呵护我们温柔心灵的事物。尽管我们男人已经十足的冷漠而平庸，我们还是不愿意看到女人也变成这个样子。不，亲爱的女士们，还是像你们从前那样，多愁善感，柔肠百转，做我们这些干硬面包上甜腻的奶油吧。更何况伤感之于女人，正如说笑之于男人。她们对我们的幽默毫无兴致，再要她们拒绝悲伤就太不公平了。谁说女人的快乐方式不如我们男人的明智合理？假如说，涨红老脸，捧腹大笑，龇牙咧嘴地发出一连串震耳的尖叫，是一种幸福；那么，纤纤素手托腮凝思，温情脉脉、泪眼蒙蒙地穿越时间的黑暗隧道回首前尘旧事，也该是一种幸福吧。谁能说前者就一定比后者更富于理智呢？

我很高兴地看到懊恨女神像朋友一样与我们相伴而行，因为我知道苦涩已从泪水中洗刷净尽，在悲伤女神把她苍白的嘴

---

① 傅华萨（1333?—1405?），法国历史学家，以其对百年战争（1337—1453）时期欧洲的生动描述而著名。

唇贴紧我们的双唇之前，她娇美脸庞上的芒刺也已被悉数拔除。当我们回忆起曾经的伤痛带给我们的哀弱无助时，时间之手早已抚平滴血的伤口，抹去我们心头的酸楚和绝望。当我们从过去的烦恼中品尝出悲喜参半的甜蜜感受时，我们心头的负担已不再沉重。当骑士襟怀的纽康姆上校面对死神的点名，大声回答“到”的时候①，当汤姆和马吉·塔莉维尔冲开分隔他们的浓重迷雾，携手相对，紧拥着对方走向汹涌的弗洛斯河的时候②，内心也必定是同样的感受。

说到可怜的汤姆和马吉·塔莉维尔，使我联想到乔治·艾略特③关于忧郁主题的一句话。她曾在什么地方说过“夏夜的悲伤”。此语真切感人——就像她生花妙笔下的每一件事情，试想，谁不曾感怀留连那夕阳迟暮的迷离忧伤。那一刻，世界属于忧郁女神，她是一位沉思的、眼睛深陷的少女，她不喜欢白日耀眼的阳光。直到“夜色渐浓，乌鸦的翅膀掠过摇曳的树梢”，她才偷偷地走出自己的小树林。她的宫殿坐落于昏暗之地，她就在那儿和我们会面。在阴影重重的门边，她牵着我们的手，陪我们穿过她黑暗的领地。我们看不见任何有形之物，只仿佛听到她翅膀的瑟瑟声。

在疲乏单调的城市，她的灵魂来到我们身边。每一条昏暗的长街，都有她阴郁的仪容。幽暗的河流在黑黢黢的拱桥下像

① 参见狄更斯的小说《纽康姆上校》的最后一章。

② 这是乔治·爱略特的小说《弗洛斯河上的磨坊》最后一章中的情节。

③ 乔治·爱略特（1819—1880），英国女作家，维多利亚时期最重要的小说家之一，以其对人物心理的淋漓尽致的描绘而著称于世。

幽灵一样，静静流淌。混浊的波浪之下，仿佛隐藏着幽深的奥秘。

在冥寂无声的乡村，当树林和篱墙在渐浓的夜色里若隐若现，蝙蝠在我们的脸上扑动它的翅膀，田野里传来秧鸡可怕的啼鸣，这一刻，忧郁的符咒深深地沉入我们心底。我们仿佛肃立在一张看不见的灵床边，在榆树的摇曳中，我们听见垂死白昼的低沉叹息。

一种庄严的悲哀君临万物。巨大的寂静将我们包围。观照乎此，我们对于日常工作的眷注，就变得渺小琐碎，面包、奶酪——哦，甚至还有接吻，似乎没有什么是值得为之奋斗的唯一。此刻纷繁的思绪，难以言表，唯有静静地倾听自己内心的潮水，澎湃汹涌。站在黑暗苍穹下的寂静之中，我们感觉到自己生命的渺小。暗幕四垂，世界不再仅仅是个肮脏的工场，也是一座庄严的神殿，人们可以在其中祭祀天国的神明。在那里，人们在黑暗中摸索的双手，时时能触碰到上帝的手。

口袋空空

此事非比寻常。我坐下来满心想写点机智而新奇的东西，可回顾平生，又实在想不出有什么机智而新奇的事——至少此刻没有。唯一想得起来的，大约只有囊中羞涩这么件事了。之所以想起这事，想必是因为我把双手揣进了衣兜。我坐着的时候总是把手揣在兜里，除非当着我姐姐、表姐和姑妈她们的面。她们会大呼小叫地给予我迎头痛击（也许我应该说她们对此善言相劝更合适些），我只好举手投降，将其请出去——我指的是我的双手，而不是她们。她们提出的反对理由惊人一致，盖因为此举实有悖于绅士风度也。老实说你就是吊死我，我也弄不明白为什么把手揣在兜里就有失绅士风度。我只知道，你把自己的手揣进别人的兜里（尤其是别人把他的手揣进你的兜里），这好像不能被视为合乎绅士风度。真见鬼，你们这些瞻前顾后拘泥礼仪的家伙，一个人把自己的手揣进自己的兜里，就会让他斯文扫地吗?

不过，你们说得也许有些道理。对了，我想起来了，我听说一些人在慈善捐款的时候，当他们把手伸进口袋时，就马上变得怨气冲冲。可那都是些老先生呀。通常我们这个年纪的小伙子，只有把手揣在兜里才会感到轻松惬意。不这样，我们就尴尬窘迫，鬼头鬼脑，想象一下，剧院里的滑稽小丑上台时发现没戴他的戏帽时，大约就是这般光景。还是让我们把手揣进裤兜里吧，右边手里几枚硬币，左边兜里一串钥匙。那种冷冰冰的感觉，就像面对电信局的女职员。

口袋空空时，即便把手揣进兜里，但要想搞清楚它们在里面干些什么，恐怕也是一桩小小的困难。几年之前，我的全部家当有时可以概括为人们通常所说的“叮当作响”。而此时，我会大义凛然地花掉其中的一个便士，其目的不过是为了换成零钱，使它们叮当得更响。兜里有十一个便士，比起只有一个先令，不会觉得更拮据些。假如我是个打肿脸充胖子的家伙（就像中产阶级讥讽穷愁青年时所说的那样），我甚至会把一便士换成两枚半便士的硬币。

对囊中羞涩这个题目，我是很有发言权的。我曾是个地方剧团的演员，如果还需要更多佐证的话（我想大概不需要吧），我可以补充说，我曾经还是个“新闻从业人员”。每周靠十五先令艰难度日，有一回只有十先令，另外五先令拖欠未付。我还曾经仅凭一件大衣凑合着对付了两个礼拜。

实实在在的拮据使一个人对于家庭经济问题有着更深刻的洞察，这真是了不起。如果你想认识金钱的价值，那么就靠十五先令过上一周，看还能存下多少钱用于衣着和玩乐。你会发现，为了几文小钱等上一会儿是值得的，为了一个便士徒步一英里也是值得的，难得一饮的小杯啤酒堪称豪奢，一条假领起码要穿上四天。

在你结婚之前，试着过过这种日子吧，这真是一种极好的实习。在送你的儿子上大学之前，让他也试着过过这种日子吧，那样他就不会为每年的零用钱只有一百镑而牢骚满腹。这种生活对某些人大有裨益。他们是些娇弱的花朵，从不喝一八九四年以后的红葡萄酒，普通的烤羊肉在他们看来就是难以下咽的猫食。你偶尔能碰上这样一个可怜的倒霉蛋，不过平心而论，他们主要还是局限于某个奇怪而可怕的圈子里，这个圈子据说只有女小说家才知道。我从未听说过这些可怜虫中有哪位曾对着菜单字斟句酌，我倒是有一种强烈的冲动，想把他们拽到伦敦东区①一些低档酒馆的柜台边，朝他们的喉咙里塞进一份价值六便士的晚餐：牛排四便士，马铃薯一便士，外加半品脱黑啤一便士。这样，在他日后回想起这顿晚餐的滋味时（混合着啤酒、烟草以及烤猪肉的扑鼻芳香真叫人终身难忘），对摆放到他面前的任何食物都嗤之以鼻的次数，也许会稍稍减少一些。还有一些家伙出手大方，他们是乞丐眼里的活宝。他们决不吝啬手里的零钱，却从不记得还上自己的债务。上述体验即使对这种人，也能教会他们一些常识。

有一天，我在摄政街和一位年轻的政府公务员共进午餐，他对我说："我总是给侍者一个先令的小费。不能比这更少，你知道。"对此我当然深表赞同，至于我自己，要拿出那十一个半便士作为小费则绝无可能。同时我打定主意，总有一天要

---

① 伦敦东区，指伦敦东部、泰晤士河以北的地区。长期以来，这一地区是码头工人和底层移民的聚居区。本书作者小时候即生活于此。

把这位仁兄骗到一家餐馆去，我记得那儿离考文垂公园[1]不远。那里的侍者干活的时候只穿衬衫，为的是更好地履行他们的职责，这样到了月底，衬衫的袖子就脏得一塌糊涂。我对那里的侍者很熟悉，如果我的朋友给的小费超过一便士，侍者准会紧紧握住他的手，久久不撒开，以此表达他的感激之情。对这一点我很有把握。

关于口袋空空的窘境，虽然人们讲过也写过很多开心的事，但是穷困本身并不开心。为几个便士讨价还价，不开心；被人目为悭吝之徒和小气鬼，也不开心；破衣烂衫、满脸穷相、对自己的住址难于启齿，就更不是什么开心事。俗话说得好，贫贱夫妻百事哀。对于一个敏感的人，贫困就是人间地狱。许多智勇之士对千斤重担毫无惧色，但面对些许穷愁却不免伤心潦倒。

其实，窘迫本身还不算什么实实在在的困难。如果仅仅是紧巴巴地过日子，谁又会真的在乎呢？鲁滨逊[2]难道会因为裤子上打了补丁就惹人侧目？老实说我甚至不记得他是不是穿裤子。他没准像个哑剧演员那样手舞足蹈吧？脚趾头露在靴子的外面，对他来说还是个问题吗？如果他的雨伞是棉布的，只要避雨，又有何妨？破衣烂衫也不会给他带来什么烦恼，因为身边连一个讥笑他的朋友都没有。

独自受穷不过是小事一桩，倘不幸而叫人知道了你在受穷，

---

① 考文垂公园，伦敦著名的文化、商业、旅游和购物中心，英国皇家歌剧院即坐落于此。
② 鲁滨逊，英国作家笛福的小说《鲁滨逊漂流记》中的主人公。

则殊为不堪。并不是因为寒冷，才使得那个没穿大衣的家伙快步如飞。他会向你解释，长大衣不利于健康，并且根据健康原则，他也从不带雨伞。他这么说的时候，脸就红了，这倒也不完全是因为说谎而害羞的缘故，他也知道没人会相信他的那些鬼话。

人常说：贫穷不是罪过，这话说起来轻巧，但事实好像并非如此，不然的话，怎么会人人皆以为耻呢。贫穷实乃巨大之错误，故惩罚亦如是之严厉也。穷汉将会遭到全世界的鄙视，来自基督徒的鄙视和来自世袭贵族的鄙视差不太多，来自仆从的鄙视也不见得比来自政治煽动家的鄙视更少。喝过不少墨水的年轻人在练习簿上抄录的历代格言，也不会使他赢得更多的尊敬。

就人类的见解而言，外表就是一切。你可以和伦敦最臭名昭著的流氓勾肩搭背地走过皮卡迪利大街[①]，只要他衣冠楚楚。你也会溜进一条僻静的小巷，跟一位外表寒酸的绅士略作寒暄。当然，这位外表寒酸的老兄也同样深明此理（没有谁比他更清楚的啦），他宁可绕上一英里也不愿碰上熟人，那些深知他窘迫状况的富贵朋友，也就全然没有在大街上碰见他而不得不顾左右的烦恼。比起那些碰上他的人，他更是一千倍地希望他们没有看见自己，没有什么事比熟人提出的资助更让他恐惧。他全部的愿望就是自己被彻底遗忘，仅就这一点来说，他倒是常常幸运得很，总能如愿以偿。

人们慢慢习惯了囊中羞涩，正如他慢慢习惯于除此之外的

① 皮卡迪利大街，伦敦最繁华的大街之一。

其他事情，帮助他完成这一过程的，正是那位擅长“顺势疗法”的高明大夫——时间。你只要匆匆一瞥，就能说出老穷新困之间的区别。前者是那个表情麻木的家伙，经年的奔波折腾他已经安之若素，处之泰然；后来的新手则对自己的不幸遮遮掩掩，为害怕暴露窘境而凄凄惶惶。他们典当怀表时的情状最能显示出他们的区别。正如一位诗人在某种场合所说的：“真正从容的典当风度来自技巧，而非偶然。”一个人走进当铺，如果像走进裁缝店一样沉着（很可能更沉着），伙计就会对他彬彬有礼，并马上过来招呼他。甚至惹得旁边柜台的女士愤愤不平，冷言冷语地发表评论：“要是个常来常往的主顾，我倒是不介意稍等片刻。”瞧他们办理交易的那种愉快认真的劲头，没准是桩三分利息的大买卖呢。

话说回来，一个人平生头一遭在当铺开口，该是一件多么困难的事。小男孩第一次开口发问也比他自信得多。他先是在店门外徘徊游荡，直到把附近所有流浪汉的注意力都成功地吸引到了自己的身上，并在街区巡警的心头堆起层层疑云为止。接下来，他仔细地打量了一会儿商店的橱窗，目的是想让旁观者认为他正打算买个钻石手镯，或者诸如此类的小玩意儿。终于，他鼓足勇气走了进去，竭力装作若无其事，看上去简直就是个衣冠楚楚的小偷。进到里面，他说话的声音低到简直听不见，以至于不得不重复一遍。此时，他假装漫不经心地提到他的一个“朋友”，等到好不容易吐出“典当”两个字，马上有人告诉他应该走街道拐角的第一个门，去右边的那家店铺。走出商店，他的脸红得让你可以毫不费力地凑上去点着一支香烟，脸上的表情就像是整个街区的人都在注视着他。当他走进右手边那家店铺时，已经想不起自己的姓名和住址，其情形就像个不可救药的白痴。当有人粗声粗气地问他是怎么弄到“那东西”时，他结结巴巴地说着一些自相矛盾的话，要是还没有老实坦白这玩意儿正是当天偷来的，就真算是个奇迹了。结果他被告知，他们压根不想和他这种家伙打交道，他最好是趁早快滚。他只好遵命，直到滚出了三英里开外，他才回过神来，却什么也想不起来了，连自己是如何到那儿的，也全无印象。

顺便说一句，这种事情的尴尬程度也还是要视酒吧和教堂的时钟而定。通常情况下，前者太快而后者太慢。更何况，要想从外面偷眼瞧一下酒吧的时钟，也是个不小的困难。如果你蹑手蹑脚地将酒吧的双开式弹簧门推开一条缝，必定会为自己招来女招待轻蔑的目光，她将毫不犹豫地把你和本地的小偷乞丐归为一类。同样，你还会在已婚顾客这一群体中搅起相当程度的躁动。你压根就没有看到时钟，因为它正好在门的后边。在你悄悄地缩回来的时候，头又被夹住了。除了跳窗而逃，似乎也别无他法。无论如何吧，等你从窗口跳出来，你要是不取出一把班卓琴①并开始唱两嗓子，附近那些年轻居民恐怕多少有些失望，他们早已满怀期待地围聚在此，等候多时。

我也想弄明白，到底是由于何种神秘的自然法则，在你把

---

① 班卓琴，又名五弦琴，一种有格子纹的细颈弦乐器，琴身中空，呈圆形。最初由非洲传入欧洲，后成为游吟诗人所钟爱的乐器。

自己的怀表留下“修理”刚半个小时，就准会有人在大街上叫住你，明目张胆地向你打听时间。而当初你刚揣上它的那会儿，压根就没有一个人对此表现出半点好奇。

可敬的老先生、老太太对拮据一事毫无所知（但愿他们永不知晓，祝福他们的满头银发吧），他们将当铺视为人生颓落的最后站台。深知个中况味的人（读者诸君无疑会注意到这点），要是在当铺里遇见了那么多意料之外的家伙，常常会大吃一惊，就像小男孩梦见自己到了天堂。对我来说，与其向朋友借钱，还不如典当来得更加爽快。我总是试图让我的这一观点深入人心，尤其是对那些“最近两天急缺几个英镑”的朋友。遗憾的是并非每个人都能认识到这点，其中的一位就曾发表高论，说他反对的是此事所依据的法则。我认为，如果他说反对的是二分五的利息，则恐怕更接近于事实。老实说，这也确实太高了。

说到底，囊中羞涩只是个程度问题，我们每个人或多或少都有些拮据——大多数人的情况可能更糟。有些人的缺口是一千英镑，而有的人只缺一个先令。比如说我自己吧，此刻急需五英镑，而且，只借那么一两天，我保证顶多一周之内奉还。读者诸君若有哪位女士或者先生肯慷慨解囊，本人将不胜感激。你们只要将钱装入信封，然后写上“菲尔德暨图厄尔[①]先生亲启”即可，同时务请将信套仔细封好。出于某种担保方面的考虑，我将给你出具本人签名的借据。

---

① “菲尔德-图厄尔”是伦敦一家著名的出版社。本书的初版即由这家出版社出版。

虚　荣

事事皆空，人人虚荣。女人极爱虚荣，男人亦复如是（如果不是更甚的话）。尤其是孩子们，更无一例外。此刻，一个小家伙正在捶打我的大腿，她很想知道我对她的新鞋子有何评价。老实说我认为不怎么样。它们既少匀称的外形，更无流畅的曲线，臃肿难看到无以复加（而且我敢说还穿错了脚）。但我不能说这些。她希望听到的，是夸奖，不是批评。于是我就将它们胡吹瞎夸了一通，一边在心底里痛骂自己厚颜无耻。那有什么办法呢？要知道除此之外的任何话皆不能使这位自负的小天使心满意足。在某次类似的场合，我曾尝试着巧妙地做回诤友，结果却很失败。那一回，她请求我对她日常的行为举止发表看法，并且要实话实说。“你看我咋样？你高兴和我玩吗？”我觉得这是对她近来品德操行方面的表现加以有益引导的大好时机，便说：“不，跟你在一起我并不高兴。”我让她回想一下这天早晨的事情，作为一个笃信基督的孩子，她的所作所为是否得体：清晨五点把整个屋子里的人都吵醒；七点在楼下打翻一只水壶；八点使劲将猫塞进浴缸；九点三十五分坐在父亲的帽子上。一个举止如此失常的小家伙，怎能指望让一位聪明和善的叔叔感到满意？

她是如何反应的呢？感谢我的坦言相告？对我说的话思之

再三并从中受益？决心从现在开始培养自己良好高尚的生活习惯？

没有！她号啕大哭起来。

哭完，她开始骂人：

“呜呜，臭叔叔，呜呜，坏叔叔，呜呜，大坏蛋，呜呜，我告诉妈妈去。”

而且，她果真说到做到。

打那以后，每当被问起对某件事情的看法，我会保留自己的真实观点，而对这个小家伙极尽阿谀奉承之能事，毫不顾及事实情况如何。她先是频频点头，而后一路小跑着将我那些肉麻的话向家里的其他人广而告之。看来她还把这当作一种谋取好处的证书，因为接下来我远远地听见：“叔叔说我是好孩子——所以我要两块饼干。”

眼下，她走开了，美滋滋地盯着自己的一双脚丫子，喃喃自语“真漂亮”——十足的自欺和虚荣，其他的种种劣行就更不用说啦。

小孩都这样。记得一个阳光充足的下午，我坐在伦敦市郊的一个花园里，突然听到从楼房的顶层窗户里传来一声尖厉的高音，推测起来大概是想让另一座花园里的什么人听到：“奶奶，我是好孩子，我是顶呱呱的好孩子，奶奶，我要鲍勃的马裤。”

得了，就连动物也爱慕虚荣。那天，我看见一条大纽芬兰狗坐在摄政广场一家商店入口处的镜子前，端详着镜子里的自己，顾盼流连，洋洋自得。除了教区委员会的会议上，我还真的从未在其他场合见识过此等风采。

有一次，我在一家农舍里欣逢一场盛大的节日庆典。我不记得具体是什么节日，五朔节，四季节，或者诸如此类，总之是一次庆典吧。人们把一个花环戴在一头母牛的头上。好家伙，那愚蠢可笑的四足动物就成天四处招摇，得意洋洋的样子就像刚穿了件新衣服的女学生。当人们从它的头上摘下花环时，这家伙竟气哼哼的，直到人们重新给它戴上花环，它才安静下来，让人挤奶。这并非珀西神父①的民间故事，而是朴素平常的事实。

至于猫，在虚荣心方面简直可以媲美人类。我认识一只猫，听到客人对猫族稍有不敬之词，便会愤然起身，离开房间扬长而去。而一句动听的恭维话，便能让它喵喵地叫上一个小时。

我喜欢猫。它们的不声不响是那样有趣。人们对猫总是摆出一脸尊严的滑稽相，使用“你好大胆”、“滚开，别碰我”之类的语气。但是，他们决不会这样傲慢地对待狗。对于面前走过的任何一条汤姆、狄克或者哈里，他都会这样说：“嗨，伙计，真是幸会。”说实话，遇到认识的狗，我也会拍拍它的狗头，喊它粗俗难听的狗名，推它个狗爪朝天。而它则躺在地上，冲我咧咧狗嘴，对此毫不介意。

---

① 马斯·珀西（1729—1811），英国高级教士、古董收藏家和诗人，编辑过《古代英语诗遗粹》。

倘若在猫的身上也如法炮制，那简直是异想天开。呵呵，在你的有生之年它将不再和你说话。如果想赢得一只猫咪的青睐，你必须谨言慎行，处处留心。初次见面，你最好对它说“可怜的猫咪”，然后语调柔和、满怀同情地补充一句“谁欺负你了”。虽然你对自己说的话到底是什么意思，并不比猫咪懂得更多，但在你这方面，多愁善感似乎才是一种最恰当的情绪。而且通常情况下，如果你能让它在相当程度上感觉到你是个外表文雅、举止得体的人，它就会直起身子将鼻子在你身上蹭来蹭去。事情发展到这一步，你可以冒险摸摸它的下巴，挠挠它的脑壳，聪明的小家伙就会把它的爪子伸进你的裤腿里。一切是那么友好而亲密，就像下面甜美的诗行：

我爱小猫咪，皮毛暖洋洋，
我不欺负她，她不把我伤；
摸摸又拍拍，我把她喂养，
猫咪也爱我，因为我善良。[1]

诗节的最后两行颇为真实地揭示了猫族观念里的人类之善。明说吧，就是摸它，拍它，喂养它。当然，这种关于善良的狭隘理解，恐怕亦不仅仅限于猫咪们。我们对他人的价值评判其实也都倾向于同一标准。所谓好人，就是对我们好的人；坏人

① 这是一首流传甚广的英文儿歌，约创作于 1830 年左右。这里引用的是这首儿歌的第二段。

嘛，就是那些不按照我们的意愿行事的家伙。说到底，我们每一个人都有一种与生俱来的信念，那就是“万物皆备于我”。世间的男男女女之所以被创造出来，就是为了给予我们赞佩爱慕，满足我们形形色色的需求。亲爱的读者，我，还有您，在我们各自的观点看来，都是宇宙的中心。您——正如我所认为的——被无微不至的万能之神创造出来，为的就是来读我写的东西，并为此掏腰包；而我——在您看来——作为一件物什被发配到现世，当然就是为了写点啥玩意儿供您阅读。星星（我们就是这样称谓那些穿透永恒的寂静从我们身旁飞速滑落的、无穷无尽的其他星球）之所以被缀于天幕，为的是使夜晚的天空在我们眼里趣味盎然。而月亮，连同它永藏着的另一面的黑暗秘密，则是为了使我们能在月光之下风流摇曳，款款多姿。

恐怕，我们中的大多数人都像波伊瑟尔太太的那只矮脚公鸡[①]，幻想着每天早晨的太阳就是为了它的啼鸣而升起。“虚荣心推动世界运转。”我不相信曾经有过毫无虚荣心的人，即便有过这样的人吧，也必定是个做什么事情都极其无趣的家伙。当然，他没准是个大好人，我们对他应该抱有相当的尊重。他可能是个令人肃然起敬的家伙——一个应该装在玻璃器皿里当作样品巡回展示的人，一个应该戳在底座上供人，如小学生，抄书般仿效的人，一个值得尊敬的人，一个没人爱的人，一个谁也不愿意握住他的手把他视为兄弟的人。天使在他们那个行

① 波伊瑟尔太太，乔治·爱略特的小说《亚当·彼得》里的村妇。该书第 33 章说：“他就像一只以为太阳每天清晨升起来是为听它打鸣的公鸡。”

当里，可能是最为出类拔萃的一伙，但我们，可怜的凡夫俗子，就目前的情形看，大概只能看出他们是一群呆板无趣的家伙。就连真正的好人也不免沉闷乏味。

正是我们自身的错误和失败，而不是我们的优点和长处，才使我们和他人同病相怜，惺惺相惜。我们的美德各不相同，而愚蠢却大致一样。一些人虔诚，另一些人慷慨，少数人正直（和他们的言词相比），更少的人或许还很诚实。但在爱慕虚荣之类的缺点方面，却人同此心，心同此理。虚荣心就是这样一种自然天性，它使得整个世界亲如一家。从以头皮腰带为自豪的印第安猎人，到为军衔和勋章而洋洋自得的欧洲将军；从以辫子的长度为炫耀资本的中国人，到为纤纤细腰而受尽折磨的“职业美女”；从拖着脏长裙、头顶破阳伞、昂视阔步走过七晷场[①]的波莉·斯提金斯，到用四码长的裙摆横扫客厅的公主；从以粗言俚语惹得同伙大笑的暴发户，到用大段浮夸高调换来满耳阿谀奉承的政客；从用珍贵的石油和象牙换来一些挂在他们脖子上的玻璃珠子的黑皮肤非洲人，到为一串小宝石和在姓氏前面加个空头衔而出卖冰肌玉体的基督徒少女。一切行军，战斗，流血，以及死亡，全都发生在虚荣的俗丽旗帜之下。

呵呵，虚荣心是推动人类前进的真正动力，阿谀奉承是那车轮上的润滑油。如果你想在这个世界上赢得友爱和尊敬，就应该学会恭维别人。对所有人献上你的赞美之词吧，无论高

① 七晷场，伦敦一处以犯罪和贫穷而闻名的地方，位于大英博物馆和特拉法加广场之间。

低，不分贫富，何较智愚。这样，你将无往而不胜。颂扬此人的美德，亦称许彼人的恶行。赞美每个人的每件事，尤其要赞美那些他们所缺乏的东西。对丑陋者赞美他们的美丽，对愚蠢者赞美他们的智慧，对粗俗者赞美他们的教养。这样，你的眼力和智慧将被捧上九霄。

每个人都可能被阿谀奉承所征服。那个“绶带伯爵”——我老觉得这是个习惯短语，我不知道它是什么意思，除非说的是一位伯爵用绶带做裤子的吊带。有些家伙就这么干，我自己则不喜欢。要想让那玩意儿多少起点作用，你必须把它系得紧紧的，很不舒服。总而言之吧，不管他是绶带伯爵或是其他的什么伯爵，我断言他必定也能被阿谀奉承所征服，在这一点上和其他人并无不同：从女公爵到卖猫食的，从乡村牧童到浪漫诗人——征服诗人远比征服牧童容易，这就像小麦面包比燕麦蛋糕更能吸收奶油。

至于爱情，阿谀奉承乃是爱情最好的活力源泉。让一个人被自恋所填满，那溢出来的部分就能被你所分享。说这话的是一位风趣而诚实的法国人，只是他的名字我这辈子恐怕是想不起来了（真见鬼，当我想要记起某人名字的时候，结果总是怎么也想不起来）。告诉一个女孩，说她是天使，比天使还天使；说她是女神，比一般的女神更优雅高贵，更圣洁纯情；说她比提坦妮亚①更妩媚妖娆，比维纳斯更美丽，比帕耳忒诺珀②

① 提坦妮亚，莎士比亚戏剧《仲夏夜之梦》中的仙后。
② 帕耳忒诺珀，希腊神话里的塞壬女妖之一，因用歌声迷惑奥德修斯不成而投海自尽。

更迷人：总而言之，比一切过去、现在、将来的其他女孩都更值得仰慕，更纯洁可爱，更光彩照人。这样，你就会在她信任有加的年轻心田里留下讨人喜欢的良好印象。天真的可人儿！她对你说的每一个字都深信不疑。欺骗一个女人竟是如此轻而易举。

噢，那些小精灵，她们讨厌奉承，正如她们所宣称的。可是，当你说："啊，亲爱的，这些话放在你身上可绝不是奉承，而是显而易见的事实。你就是这样，没有丝毫夸张，地球上自有人类生灵以来，你就是最漂亮、最善良、最迷人、最圣洁、最完美的人。"她们恬静而满意地嫣然一笑，将头靠在你男子气概的肩头，低声说："你真是个可爱的好人。"

伙计们！设想一个男人在求爱时，试图恪守诚实原则，决心绝不说一句夸张恭维的话，将自己拘泥于精确事实的局限之中。想象一下吧，他神魂颠倒地凝视着情人的双眸，向她温柔低语：你作为一个平常女孩，总的来说不算难看。他握住姑娘的纤纤小手，让她确信那双手是浅褐而略带红色的，接着将她搂到胸前，对她说，你的翘鼻子看上去也还有几分可爱；根据我的判断，你的眼睛在同类物事中亦属平平。

而当另一个男人告诉那个女孩：你娇美的脸庞宛若一朵鲜艳的玫瑰，你飘荡的秀发是被你灿烂的笑容所囚禁的太阳光束，你明亮的双眸是两颗夜晚的星星。那么，不难料想，前者的天赐良缘恐怕就要受到极大的挑战了。

阿谀奉承的方式千差万别，毫无疑问，你的策略也必须因人而异。有人喜欢胡吹瞎夸，对付这种人无需太多技巧。而对那些敏感的人，则应当体贴入微，最好用转弯抹角代替实话直说。很多人喜欢将恭维包装成无礼，像“啊，你傻，你真傻。你总是把自己口袋里最后几个硬币送给你碰上的第一个看上去饥肠辘辘的乞丐”。而另外一些人则只有通过第三者才能吞下你的糖衣炮弹。在这种情况下，丙如果想打中甲，他就应该先向甲的好朋友乙透露：他认为甲实在是一个了不起的家伙，并再三叮嘱乙不要对其他人提及他说的这些，尤其是不要告诉甲。当然还要注意那个乙是不是个可靠的家伙，要不然他做不到这一点。

道貌岸然的英国绅士总是说“我讨厌阿谀奉承，先生”、“从不让阿谀奉承把我放倒”等等。对付这种人其实很简单，只要恭维他毫无虚荣心就行了，然后，他就任由你摆布。

总而言之，虚荣既是一种缺点，也是一种美德。引述语录本上的先贤格言来将它批倒批臭，倒是不难。但它实在是一种“既可使我们为恶亦可使我们向善”的激情。所谓的雄心，不过是升华了的虚荣之心。我们希望赢得赞美和钦佩（或者用我们更乐意接受的叫法：名声），所以，我们撰写宏篇巨著，我们描绘壮美图画，我们吟唱轻歌曼曲；我们埋头于书斋里，我们穿梭于织机旁，我们忙碌于实验室。

我们希望成为富人，亦并非只贪图享乐（享乐这东西每月只要有二百英镑，任何人就可以在任何地方买到），而是想让我们的房子比邻居的更大，装修更豪华；能让我们的马匹和仆佣比邻居的更多；能让我们的妻子和女儿穿上价值不菲而样式荒唐的新款时装；能让我们举办耗费昂贵的晚宴而自己吃的却不到一先令。为了这些，我们带着清醒而忙碌的头脑为这个世界添砖加瓦，将商业活动拓展到每一个有人的地方，把文明带到最偏僻的角落。

因此，让我们不要再辱骂虚荣了，更恰当的做法应该是对其善加利用。荣誉本身不过是虚荣的最高形态。这种虚荣亦并非仅限于花花公子布鲁梅尔们①和杜莉·瓦登们②。有孔雀那样的虚荣，也有雄鹰那样的虚荣。势利小人爱慕虚荣，英雄豪杰亦复如是。来吧，我倜傥风流的年轻兄弟，让我们一起将虚荣进行到底。让我们携手互助增进我们的虚荣。让我们夸耀自己勇敢的心灵和勤劳的双手，而不是时髦的发型；让我们夸耀真理、纯洁和高贵，而不是裤子的款式。我们如此爱慕虚荣，以至于不愿在卑鄙下流面前屈尊纡贵，不屑于卑微狭隘的自私忌妒，不想有任何冷酷无情的一言一行。让我们真诚地爱慕虚荣吧，在这个无赖的世界里做一个正直的谦谦君子。让我们为自己的思想高尚、伟业成功和生活愉快而自豪吧。

---

① 乔治·布鲁梅尔（1778—1840），英国著名的花花公子，其剪裁朴素的衣裤代替西服领带而成为男士的流行服装。他嗜赌如命，穷困潦倒，最后死于法国一家精神病医院。

② 杜莉·瓦登，狄更斯的小说《巴纳比·鲁奇》里的一位美女。

积极生活

这似乎不是懒人适合讨论的题目，你说是吧？但是你知道，比赛场上往往是事不关己的看客才瞅得最清。坐在路旁的树阴下，心满意足地吸着水烟，有一搭没一搭地嚼着忘忧树叶[①]，我可以气定神闲地观赏生活的大路上，风云际会的人群在我面前连滚带爬地呼啸而过。

这种疯狂的队列永无尽头。急骤的脚步声纷至沓来，日夜不息——有的奔跑如飞，有的亦步亦趋，有的跛足蹒跚，但全都急迫匆忙，醉心于这种狂热的赛跑，全都殚精竭虑，全力以赴地奔向那永不可及的成功地平线。

瞧瞧这汹涌的人流——男女老幼，雅俗美丑，贫富欢愁——全都急促慌张，手忙脚乱，你争我抢。强者将弱者推到一旁，机智者偷偷超过愚蠢者，落后者拽住前行者的胳臂，跑在前面的则奋力踢开身后的人。凑得更近些吧，看看这轻掠而过的一幕剪影。这儿是一位气喘吁吁的老头，那儿有一位羞怯的少女，被一位面庞消瘦、表情坚毅的老妇人所驱策；这儿是一位好学青年正在阅读《涉世手册》，一边盯着书本，一边蹒跚向前，任由众人从自己的身旁跑过；那儿有一位看上去百无

① 出自荷马史诗《奥德赛》，吃了忘忧树叶可使人忘掉故乡和忧愁。

聊赖的男人，被一位衣着时髦的女士拽着胳臂肘紧走慢跑；这儿是一个男孩恋恋不舍地回首凝眸，深情地遥望着他再也见不到的阳光照耀的村庄；再看这儿，一个肩宽体阔的男人踏着坚定从容的步伐，大步流星；而那边，一个尖嘴猴腮、弯腰弓背的家伙迈着鬼鬼祟祟的步子，在路上躲躲闪闪地拖沓前行；这儿，一个狡猾的无赖，眼睛一直紧盯着地面，不断从路的一侧走到另一侧，还认为自己正在不断前进；再看那儿，一个表情高贵的年轻人站住了，将目光从远处的目标移向脚下的泥泞，正在踌躇犹疑。

现在，走进我们视线的是一位漂亮女孩，每前行一步，她秀美脸蛋上的皱纹就增加一分；接着，是一个满脸倦容的男子；再接着，是一个满怀希望的少年……

真是三教九流，鱼龙混杂。王子和乞丐，无赖和圣徒，屠夫，面包师，做蜡烛台的，补锅匠，裁缝，牧童和水手……熙熙攘攘，拥挤向前。律师头顶假发身穿法袍；年迈的犹太裁缝戴着他脏兮兮的波斯头巾；士兵身着深红色军装；丧事承办人头上是黑色飘带的帽子，手上是破旧的棉手套；老朽的学究哆哆嗦嗦地抚摸着他发霉的手稿；香气袭人的演员披挂着惹眼的海豹皮大衣；巧舌如簧的政客高声叫卖他的万能法案；行走江湖的廉价小贩高举他包治百病的假药。这里还有红光满面的资本家和身强体壮的劳工，科学家和擦皮鞋的，诗人和收水费的，内阁部长和芭蕾演员，红鼻子酒馆老板（吹嘘他整桶整桶的好酒），处世节俭的演说家（每晚收费五十英镑），法官和骗子，神父和赌棍。这儿有珠光宝气的公爵夫人，面露微笑，仪态万方；那儿是个公寓管理员，对拿锅掌勺早已不胜其烦；还有个妓女，摇风摆柳，高视阔步，涂脂抹粉，奇装艳服。

他们摩肩接踵奋力向前。他们尖叫、诅咒、祈祷，他们欢笑、歌唱、呻吟，他们肩并肩、冲向前。决不放慢速度，绝不停止赛跑。不休憩于路旁，不渴饮于清泉，不止步于绿荫。向前，向前，向前……穿梭于炽热、拥挤的人群和飞扬的尘土，前进……前进，否则就会被别人踩翻在地，输掉比赛……前进，怀着忐忑的心情，拖着疲惫的四肢……前进，直到你筋疲力尽，头昏眼花，喉咙里发出奄奄一息的呻吟，告诉后面的人："我可能要去另一个世界了。"

虽说大道崎岖，亦云生死无常，但除了懒虫和傻瓜，谁能对这样的比赛漠然处之？就像迟来的旅人，坐视神仙的欢宴，最后忍不住夺过小精灵手中的酒杯，一饮而尽，再纵身投入旋奔的舞圈。谁又能冷眼观看这狂热的骚动，而逍遥物外？比方说我本人，就做不到。老实说吧，什么路边的林阴，心满意足的水烟，有一搭没一搭的忘忧树叶，说穿了不过是些词不达意的比喻罢了。虽然这些风凉话听上去还颇为优雅和达观，但我并不是这样一种人：面对身边发生的有趣事情，还能安坐于林阴中悠然吸烟。我恐怕更像个爱尔兰佬，看到人头攒动，就忍不住吩咐小女儿前去打听打听：那儿是否在打架，——"如果真是打架的话，老爸我倒是很愿意去凑个热闹"。

我喜欢激烈的争斗。我喜欢冷眼旁观。我也乐意听到有人投身这样的争斗，勇敢而公正地为自己杀出一条大路，而不是被幸运或欺骗所绊倒。它沸腾起撒克逊人好战的热血，就像我们学生时代“勇斗恐怖恶魔的骑士”故事一样，这一切使我们激动不安、瑟瑟发抖。

生活战场上的搏斗，同样也是和恐怖恶魔的搏斗。那是十九世纪的巨人和龙，他们守护的金匣子可不像故事书那样容易得到。你瞧，阿尔杰农朝祖先的神庙投去长久的、最后的一瞥，揩去眼眶里的盈盈泪水，出发了……三年后衣锦还乡，腰缠万贯。遗憾的是作者没有告诉我们他是“如何做到的”，不消说，那肯定是一个激动人心的传奇。

话说回来，一千个小说家里，别指望有一个人会告诉我们主人公的真实经历。他们花上十几页的篇幅，辗转流连于一次茶会，而将主人公一生的历史概括为“他已经成为一个商业巨子”，或者“他现在是一个伟大的艺术家，世界在他的脚下”。噢，真实的生活在吉尔伯特[①]一首短短的谐谑曲里，也比那些家伙半部传记小说里所写出的多得多。他向我们叙述那个办公室勤杂工如何一步一步升到“女王海军统帅”的整个经过[②]，为我们解释那位顾客寥寥的律师是如何苦心经营，最终成为一名伟大的优秀法官，并且“要放弃曾经的诺言，打算在婚姻方面试试身手”[③]。人们对生活的兴趣在于那些细枝末节，而不是伟

① 威廉·施文克·吉尔伯特（1836—1911），英国剧作家和抒情诗人，因其创作的多部喜剧而闻名，长期与作曲家阿瑟·沙利文（1842—1900）合作。

② 这是轻歌剧《皮纳弗号》的剧情。

③ 这是轻歌剧《陪审团的审判》中的剧情及台词。

大的结果。

我们真正需要的，是一部展示一个野心勃勃的家伙人生轨迹的潜藏暗流的小说——他的奋斗，他的失败，他的希望，他的挫折和成功。那将是一部杰作。事实将证明，追求命运女神的故事，就像追求一个有血有肉的女人的故事一样有趣，我对这一点很有把握。不过，顺便说一句，就阅读感受来说，这二者也极为相似。事实上，古人为我们描绘的命运女神与女人非常相像——女神们虽不至于那么蛮不讲理，朝秦暮楚，但实在也差不太多。追求的过程更是彼此并无不同，本·琼森[①]的诗行可以为证：

向女人献上大把的殷勤，她会冷落你；
你狠心撇下她独自一人，她会追求你。

真是一语道破天机。一个女人绝不会全心全意地关注她的情人，除非她的情人已经毫不在乎她。同样，只有当你在命运女神的面前打个响指，然后掉头而去，她才会对你启齿一笑。

但到了这个时候，你已经不很在乎她是嫣然一笑，还是紧皱眉头。当她的微笑还能使你心醉神迷的时候，她为什么吝啬她的微笑呢？世上事，从来迟。

善良的人说，此事天经地义，理当如此。而且，这证明野

① 本·琼森（1572?—1637），英国诗人。后面所引的两行诗出自他的短诗《影子》。

心本来就是邪恶的。

一派胡言！善良的人完全错了（在我看来，他们一向如此。我和此辈在任何观点上从来都不一致）。我倒是很想知道，这个世界要是没有野心之徒，将会是个什么样子？呵呵，它必定像诺福克汤团[1]一样稀稀拉拉、松松垮垮。野心之徒就是酵母，将世界升华为生气饱满的面包。要是没有野心之徒，世界就会停滞。他们是一些好事之徒，清早起床，乒乒乓乓，大呼小叫，叮叮当当，弄出一些通常被留恋床榻的那些懒家伙所深恶痛绝的响动。

千真万确，野心勃勃是个错误。错就错在他们弯腰弓背，满头大汗；错就错在他们开路筑桥，让世世代代的人们稳步前行。这些错误的家伙，当别人在尽情玩乐的时候，他们却利用造物主赋予他们的才干，干一些辛苦劳累的勾当。

当然，他们也寻求回报。人并不像神那样毫不利己专门利人。但他们在为自己工作的同时，其实也是在为我们所有的人工作。我们休戚与共，息息相关，没有人可以做到只为自己工作。他为自己的利益而敲击的每一下，也帮助了宇宙的成形。溪流在奔涌向前的时候，也推动了磨房的水车轮；珊瑚虫营造自己的小巢，却连起了不同的大陆；野心之徒为自己构筑纪念碑的底座时，也留下了垂范后世的楷模。亚历山大和恺撒为自己的目标而战，却也将文明的腰带绕满了半个地球。史蒂文

---

① 诺福克，英国东北部海滨的一个区域，建于史前年代，为东安哥里尔盎格鲁-撒克逊王国的一部分。它的意思是“北部人”，与索福克“南部人”相对。诺福克汤团是当地出产的一种面食。

森[①]为了赢得财富而发明了蒸汽机车；莎士比亚编写剧本，为的是让莎夫人和小莎们拥有一个舒适的家。

知足自满之辈亦自有其用处。他们构成了可以用来描画伟人肖像的洁净背景，他们成为毕恭毕敬（即使不很聪明）的观众，目睹时代的风云际会，在眼前一幕幕展开。只要他们保持沉默，我对这些知足常乐的家伙亦不置一词。但是，出于善良的愿望，千万别让他们高视阔步地招摇过市，他们老是喜欢这么干，而且还吵吵嚷嚷地宣称，他们才是全人类的忠实典范。其实，他们是些搭便车的家伙，是大蜂房里嗡嗡叫的雄蜂，是游手好闲、对别人的劳作评头论足的街头群氓。

叫他们不要把自己想象得有多么聪明睿智，也不要自认为知足自满是件多么明智之举——这些都是他们喜欢干的事。“知足常乐”也许并不错，驴子据说也很知足，可说到底，不管知足的人也好，知足的驴也罢，在任人摆布、随遇而安这一点上倒是并无不同。“嗨，你不必为他操心，”人们常这样说，“他现在很知足，激励对他毫无用处。”这样，你们这些知足常乐的家伙不过是匆匆过客，而那些永不满足的人却找到了自己的位置。

如果你足够愚蠢到竟会知足，千万不要表现出来，而应该和其他人一样大声抱怨。如果你还能做那么一点点小事，就应该要求得到大的回报，因为不这样你将会一无所获。在这个世

① 乔治·史蒂文森（1781—1848），英国铁路的先驱，制造了第一辆实用蒸汽机车 (1814) 并修建了第一条客运铁路 (1825)。

界上，采用“损害诉讼”中的原告那样的索赔法则是必要的：你请求的赔偿数额应该是你准备接受的十倍。如果你满意的结果是一百，一开始你就应该坚持要一千；如果起初你就要一百的话，到最后你只能得到十。

正是因为不懂得这个简单策略，可怜的让·雅克·卢梭才落到那样悲惨的境地。他将自己尘世生活的最大幸福限定为：一座果园、一位和蔼可亲的女人和一头母牛，不用说，到头来他连这些都落了空。当然果园他还是得到了，可女人并不和蔼可亲，还带来了她的老娘，并且也没有母牛。好了，这么说吧，如果他当初就打定主意，要一大片乡村地产，一屋子温柔可爱的女人，一大群牲口，这样他没准就过上了他所希望的那种日子：拥有自己的菜园，一头家畜，甚至，没准还能意外地拥有了那种稀世珍禽——一位真正和蔼可亲的女人。

对那些知足者来说，生活无疑是一件太过沉闷的事情。手中大把的时间无从打发是何等沉重。尘世间有什么事情可以占据他们的思想（假如他们还有那么一点思想的话）？读报和抽烟似乎是他们中大多数人的智力食粮，其中精力更充沛的家伙，可能顺便也吹吹笛子，聊聊街坊邻居的家长里短。

他们从未体验过对未来的期望是如何使人兴奋，更未曾领略过艰苦努力后的成功所带来的极度喜悦，就像他们从未感受过那些有目标、有希望、有计划的人们的脉搏是如何怦然跳动。生活对于野心家就是一场精彩的赌博，一场需要他们投入全部智慧、精力和勇气的赌博。想要最终赢得胜利，眼要快，手要稳，心要狠，算要准，对鹿死谁手的未知结局要投入你全部的疯狂热情，当然，也还需要足够的运气。他乐此不疲，就像强壮的泳者在扬波逐浪，一如运动好手在争勇角力，恰似骁勇的兵士在冲锋搏杀。

如果他败下阵来，他起码赢得了战斗所带来的残酷快乐；即使输掉了赛跑，至少他还跑过。由奋斗而失败，远胜过浑浑噩噩度一生。

那么，前进，前进吧。前进，女士们先生们！前进，小伙们姑娘们！施展你们的才能，显示你们的力量，挑战你们的命运，考验你们的勇气。前进！演出从不闭幕，比赛始终进行。高尚可敬、恪守道德的先生们，这是人生竞技场上唯一真正的运动，备受贵族、牧师和上流人士的眷顾。自纪元元年以来就枝繁叶茂、生生不息的先生们，前进吧！淑女们，绅士们，投身这场比赛吧。人人皆能参加，个个都可获奖。有给男人的黄金，有给孩子的名声，有给少女的地位，有给傻瓜的欢乐。那么，前进吧，女士们先生们，前进！全都有奖，老幼无遗。赢家虽然不多，但对于其他的人，噢——

> 你追我赶时的快乐，
> 是对失败者的奖赏。①

---

① 引自美国诗人朗费罗（1807—1882）的诗作 *The Wind Over The Chimney*。

事关天气

事与愿违，我本来指望能够灵光闪现，为这篇文章找到一个新颖独特、出人意表的好题目。我对自己说："我将写下的这一页，定要是个立意崭新的东西，一个从未被人写过也从未被人谈论过的东西，这样，就可以听凭我自由挥洒了。"接下来，我为此搜索枯肠，苦思多日，最终未能如愿。直到昨天，我们的女佣卡婷太太来了——我并不介意在此提到她的名字，因为我知道她不会读到这本书。她从不留意此类鸡毛蒜皮的读物，她除了《圣经》和《劳埃德每周新闻》之外，不会阅读别的任何东西。其他所有的文学作品在她看来都是多余而有罪的。

她说："天哪，先生，你看上去气色很不好呀。"

我说："卡婷太太，我正在寻思着找一个别开生面的讨论话题。它必须新颖独特，叫人叹为观止；它必须妙趣横生，使人兴味盎然；它必须新鲜饱满，让人鼓舞振奋。"

她笑了，说我是个有趣的先生。

这回真是很走运。以前，每当我一脸严肃地发表高论，人们莫不轰然而笑；而当我打算讲个笑话，却没一个人心领神会。上个礼拜我就听过一个很棒的笑话，真的很好笑，我整理了一下，心怀鬼胎地把它带到晚餐会上。我已经忘了当时的具体细节，只记得大家正在谈论莎士比亚对于宗教改革的态度。我东拉西扯了几句，马上接着说："噢，这正好提醒了我。那天，我在怀特切普尔[①]碰上一件很可笑的事。"

"真的，什么事？"他们说。

"哈哈，真是太好笑了。"我回答道，自己先咧嘴大笑起来。"保准让你们笑得满地打滚。"接下来，我就将事情的经过和盘托出。

当我讲完之后（那是一个很长的笑话），环顾四周，鸦雀无声。过了一会儿，终于有人打破尴尬："这就是那个笑话吗？"

在我作出肯定的答复之后，人们很礼貌地表示愿意相信我所讲的确实是个笑话。只有一位坐在餐桌另一端的老先生看来喜欢较真，他很想弄清楚究竟是哪句话好笑——是他对她说的，还是她对他说的。我们为此一直争论不休。

有些人则大异其趣。我认识一个家伙，天生是个百事可乐，以至于你想要严肃地跟他讲点正经事，每次都要事先解释清楚：你所说的并不可笑。要是没有让他明白这点，他就会对你说的每一个字都乐不可支，直笑到肚皮疼。我就知道有一回，他在路上被人叫住打听时间，竟突然拍腿大笑起来。人们从不敢跟他说任何真正可笑的事情，一则绝妙的笑话会当场要了他的老命。

扯远了，还是回到眼下吧。我猛烈抨击人们对轻薄言行的

---

① 怀特切普尔，伦敦市区东部的一处地方，历史上因发生了几次骇人听闻的谋杀案而声名遐迩，现在则以一家大型超市而闻名。

无端指责，并逼着卡婷太太为我出个好点子。她于是陷入沉思，突然说“绣样”，她说现在已经很久没听人提起过这东西，从前她做姑娘那会儿，可算是个风行一时的时髦玩意儿。

我拒绝接受这个古怪的创意，央求她再使劲想想。她手里端着茶盘，沉思良久，终于提到“天气”，她确信这是近来最恼人的一样东西。

打从听到那个愚蠢建议一直到现在，我就鬼使神差地满脑子都是“天气”，而且，再也装不下其他任何事。

天气的确是个恶劣透顶的家伙。反正在我写这篇文章的时候它是这样，等我想起要读点什么的时候，它即使不是更糟的话，也会很快变糟。

依照我的一得之见，天气这东西从来就是恶劣的。天气就像政府，总是在做错误的事。夏天我们说它热得要命；冬天我们说它冷得死人；春秋两季也总不对劲，后来我们发现其毛病正在于：既不热得要命也不冷得死人，真希望它趁早拿定主意。天气晴朗的时候，我们念叨着乡下的农田正是因为干旱而荒芜；等到雨从天降，我们又眼巴巴地盼望着日暖风和。如果过了十二月还没下雪，我们就义愤填膺，想弄清楚我们美好的旧式冬天到底出了什么问题，谈论起来，就好像我们被人欺骗，掏钱买了个假冒伪劣的冬天；而一旦真的下起雪来，我们说的那些话，对于一个基督教国家来说简直是一种耻辱。我们对天气永远不会感到满意，除非每人造一个自己喜欢的天气，而且只留给自己用。

要是不能听由我们安排，我倒宁可彻底没有“天气”这么个玩意儿。

但我以为，恐怕仅仅是对于我们这些城里人来说，所有的天气才是如此不受欢迎。大自然在它自己的家园——乡村，所有情绪都是美好的。

有什么能比下雪更美丽呢！大雪纷飞，万物柔和，四野俱寂，神秘而恬静，田野和森林白皑皑银装素裹，宛若童话里的婚礼。漫步雪野更是怎样地叫人心神俱爽！冻土在我们欢快的脚下吱嘎作响，凛冽稀薄的寒风里，我们的血液兴奋地流淌，牧羊犬遥远的吠声和孩子们爽朗的欢笑清晰可闻，宛如阿尔卑斯山的钟声回荡在空旷的峡谷。再说到滑冰！冰刀上的钢翼飞速划过倾斜的冰面，两耳生风所产生的音乐使我们觉得就像是在飞翔。

接下来，啊，春天多么绚丽——大自然年方十八，正是豆蔻年华。希望充盈的嫩叶，绿芽初绽，新鲜葱翠，纯净明亮，如同年轻的生命，怯生生地探身这个忙乱的世界。果木花开，桃红李白，宛如乡村少女的节日盛装。被刷得雪白的农舍，掩映在稍纵即逝的绚烂云霭里。微风中，布谷鸟的音符吹送过树林。

而夏天，深红暗绿，郁郁葱葱；蜂鸣蝉噪，催人欲眠。点点滴滴的雨珠，向倾听的绿叶低诉庄严幽深的秘密，薄暮的余晖在小巷里流连徘徊。

秋天。啊，华美而忧伤的秋天，金色的光辉，迟暮的庄严；云淡天高，层林尽染；血色残阳，伤心暮霭；收割者忙碌的低语，拾穗人辽远的呼喊；硕果累累的金秋果园，赞颂声声的丰收庆典。

当你看到雨雪冰雹正在乡间履行它们朴素的职责时，仿佛只是大自然忠实的仆人。我们在篱墙间遇到的东风先生[①]，也并不比一个饶舌的朋友更叫人生厌。

而在城里，大自然就不免面目可憎了。涂抹着灰泥的建筑在烟雾迷蒙的太阳下吱吱冒泡，裹挟着烟煤的雨水给路面带来灰浆和泥泞，邋遢的积雪耸起肮脏的雪堆，寒风呼号着扑向阴暗的街道，尖啸着拐过路灯闪烁的街角。城里的天气就像帐篷里的云雀，得非其所，碍手碍脚。城市应该被盖起来，用热水管道供暖，用电力照明。天气是一位乡村少女，一旦流落城市就花容失色，魅力全无。我们喜欢在干草地里和她打闹逗趣，当我们和她在佩尔梅尔大街[②]邂逅相逢，她就不会那么楚楚动人。在那儿，她慌张迟疑，不知所措。她自然率真的欢笑和由衷亲切的话语，在奶牛场听起来是那么悦耳动人，但若放到城市生活的矫揉造作当中，就显得异常刺耳，一颦一笑也让人看了难受。

就在最近，她恩赐了我们一场差不多持续了三周的绵绵雨水。而我，正像曼塔利尼先生[③]描述的那样，成了一只湿漉漉

① 在英国谚语中，东风常与抑郁和损害健康相关。
② 佩尔梅尔，伦敦一条繁华大街。
③ 曼塔利尼先生，狄更斯的小说《尼古拉斯·尼可贝》中的人物。

的落汤鸡。

我们隔壁的邻居则常常往屋后的菜园里跑，还说那将给乡村带来一个美好世界——当然不是说他老先生光顾菜园这事，而是说这个多雨的天气。他其实对农事一窍不通，然而自从去年夏天在自家的后菜园里搭了个黄瓜架子以后，就自命不凡地把农学家的高帽子顶到头上，说些冒充行家的荒唐话，期望在别人脑海里留下深刻印象，好让人人都知道他是个退隐的农夫。然而这一次我恐怕只能相信：他是对的。没准这该死的天气真的能给某些东西带来好处呢，因为它带给我的是相当可观的损害。它既毁掉了我的外套，也损坏了我的脾气。后者我还能承受，讲老实话，脾气这东西我有的是。然而，看到我心爱的旧帽子和长裤正沉浸在湿淋淋的雨水里，在这冷酷世界的风雪交迫之下，迅速地衰朽和颓败，我不由得伤心欲绝。那套崭新的春装，也难逃厄运。多漂亮的套装，现在却焉头耷脑，泥水兮兮，简直惨不忍睹。

这都是吉姆的罪过，全是他的错。要不是因为他，那天晚上我绝不会出门。我正在试穿那身套装，他进来了。一眼瞥见那身衣服，大叫一声，伸开双臂，惊呼“简直不敢相信”。

我说：“还合身吗？”

“棒极了，老兄！”他回答道。接着问我是否打算出门。

我一开始便回答“不”，但最终还是被他否决了。他说，一个男人套上了这么一身行头，就没有权利待在屋子里。“每个公民，”他说，“都对公众负有义务。人人都应该为全民的快乐作出自己力所能及的贡献。出去吧，让姑娘们开开眼。”

吉姆满嘴粗言俚语。我也不知他是从哪儿学来的，不过肯定不是从我这儿。

我说：“你认为这身套装真的能使她们喜欢吗？”他说，那当然，保准会让她们像在乡下游玩一天那么高兴。

这话使我下了决心。那是一个迷人的夜晚，我们出门了。

回家之后，我脱掉衣服，用威士忌把自己仔细擦了一遍，用热水泡了脚，在胸口上敷了一点芥末膏，吃了一碗稀粥，喝了一杯兑热水的白兰地，再在鼻子上涂了一点牛油膏，然后，上床睡觉。

这些及时有力的措施，加之我本人天生的强健体格，总算让我保住了小命一条。不过，说到那身套装……唉，算了，那已经不是什么套装，而是一块挡泥板。

我喜欢那身套装，不过也就那么回事。在这个世界上，我还从来没有特别喜欢过什么东西，除非它忽然遭遇了什么不幸。我小时候养过一只很温顺的老鼠，我很喜欢它，但也只是像其他男孩喜欢一只老麝鼠差不多。有一天，它掉进了一大盘凉在厨房里的奶油醋栗汁里面，要不是有人要求添菜，恐怕没人知道那个可怜的小东西到底遭遇了什么。

我讨厌城里有雨的天气。当然，比起雨天，我更憎恨泥泞。不知什么原因，本人对于泥巴好像有一种不可抗拒的吸引力。我只要在雨水泥泞的日子出现在大街上，就准会招来一身污泥把自己弄得半死不活，这全是因为我对泥水颇有吸引力的缘故，就像那个遭雷击的老太太说的那样，她认为自己对雷电有天生的吸引力。别人雨天出门，能在外面走上几小时，而不给自己弄上一粒泥点。我只要在这样的天气里过一次马路，回家后就完全不堪入目（小时候我可怜的妈妈总是这样跟我说）。如果在全伦敦城里评选唯一一位泥巴大王，我肯定能在所有的竞争者中力拔头筹，对此我很有把握。

我一直希望对这样的厚爱能有所回报，但只怕是心有余而力不足。我对人们所说的“伦敦大雾”也心怀恐惧。天气恶劣的日子，我一天到晚饱受折磨，心胸憋闷，只好把衣服全部脱掉，钻到床上，远离所有的痛苦和烦恼。在雨天，任何事情都不对劲。我不知道为什么会这样，只是在我看来，雨天里街道上的行人、狗、婴儿车、出租马车和大车似乎全都比平时多很多，而且他们也比平时更喜欢挡你的路，每个人都是那么让人讨厌——除了我自己，这真叫人愤怒。还有，同样不知何故，我发现我在雨天带的东西总是比往常多。当你拎着一个手袋，夹着三个包裹，外加一份报纸，天突然下起雨来，想想看，你连雨伞都没法撑开。

这使我想到还有另外一种天气，也是我不能忍受的，那就是四月天气（这样称呼是因为它总是五月来临）。诗人们认为它美妙无比。由于这种鬼天气就连五分钟内的想法自己都搞不清楚，诗人们就把它比作女人，并据此认为它十分迷人。我本人对此实在不敢苟同。像这样瞬息万变的脾气，要是放在一位女孩身上倒是完全可以接受。跟这样的人打交道无疑是令人愉快的，她一会儿毫无来由地露齿而笑，一会儿又因为同样的原因掩面而泣；先是傻笑，继而愠怒；时而粗鲁无礼，时而温柔多情；脾气暴躁，活泼天真；吵吵闹闹，沉默寡言；热情奔放，冷若冰霜；拒人千里，猛扑入怀。这一切都发生在一分钟之内（注意，这不是我说的，是诗人们说的，在诸如此类的事情上，诗人被认为是行家）。但这一套把戏如果放在天气的身上，则显然是个缺陷。女人的眼泪不会把人淋得透湿，而雨却可以；她的冷酷不会带来哮喘和风湿，但寒风却容易做到。对于有规律的恶劣天气，我因为早有准备，所以勉强还可以应付。但那种变幻莫测的坏天气，则让我无所适从。当我浑身湿漉漉地低头前行，猛然抬头看见一片晴朗蓝天，就会更加气急败坏。一场透雨过后，太阳露出笑脸，像是对我说："老兄，你对这样一副落汤鸡的模样不至于太抱怨吧？这可真是的，我也没想到呀，呵呵，我只不过是开个玩笑罢了。"像这种玩笑，我认为还是少开为好。

英格兰的四月，总让你来不及撑开或是收拢你的雨伞，尤其，如果它是"自动的"——我指的是雨伞，而不是这不请自来的四月。

有一年四月，我曾买过一把"自动伞"，但只使用过一次。那会儿我很想要一把伞，就走进斯特兰德大街[①]一家商店，询问此事，店主回答：

① 斯特兰德，伦敦一条著名的街道，连接着威斯敏斯特和伦敦市区。

“有的，先生。你喜欢哪一种？”

我说我喜欢既可以遮风挡雨，又不允许它自己被忘在列车车厢里的那种。

“试一下自动伞如何？”店主说。

“什么是自动伞？”我说。

“哦，那是一种很巧妙的装置，”那人热心地回答，“它会自己打开和收拢。”

于是，我买了一把，发现店主讲的完全正确。它果真能自己打开和收拢，我根本控制不了它。赶上下雨（那个季节每隔五分钟下一次雨），我费老大劲试图让这个暗藏机关的家伙打开，但它丝毫不为所动。我只好站在雨里和这个恶劣的家伙搏斗，摇晃它，诅咒它，而此时，瓢泼大雨正倾盆而下。不一会儿，雨停了，这荒唐的东西突然啪的一声撑开了，并且再也收不拢。在一片晴朗的蓝天下，我高擎雨伞，招摇过市，心里巴望着马上再下一场雨，这样人家兴许就不会认为我是个有精神障碍的家伙。

就在这个时候，雨伞突然收拢了，它是如此出乎意外，以至于把我头上的帽子打飞了。

虽然我也搞不懂为什么会如此，但一个不可否认的事实是：没有什么事情比得上一个男人弄丢了自己的帽子看上去更滑稽可笑。突然意识到自己脑袋光光，一种悲凉无助的感觉从后脊梁骨将你击中，这是肉体所承受的病痛中最糟糕的情况之一。于是，紧接着就是疯狂追赶，陪伴你的是一只容易激动的小狗，它毫无道理地认为这是一场游戏。追赶的过程中，你肯定要撞倒三四个天真无辜的小孩（他们的妈妈就更不用说啦），再撞翻一位坐在轮椅上的胖老先生，最后将一位神学院的年轻女生撞进一个浑身湿透的清扫工的怀里。

当你从这场疯狂追逐中恢复常态之后，面对狂笑欢呼的观众和外观狼藉的帽子，刚才的尴尬就算不了什么了。

总而言之吧，三月风，四月雨，五月鲜花全缺席，城里的春天真的很失败。正如我所说过的，乡下的春天一切都很美好。但对任何一个人口超过一万的城镇，春天这玩意儿，实在应该废除。在世界的这个冷酷无情的城市工场里，春天就像个小孩子，无所适从，在漫天灰尘和震耳喧嚣中了无生趣。在那些嘈杂喧闹的庭院里，在那些污水泥泞的街道上，这个蓬头垢面的小家伙，还在想方设法玩他们简陋的游戏，看上去真叫人悲哀。可怜的小家伙没任何人注意到他，像个多余的东西，而不是一个小孩。孩子应该明眸皓齿，饱满红润，腼腆害羞；而这些邋遢吵闹的捣蛋鬼，他们面黄肌瘦，枯萎憔悴，孩子气的笑声也已经破碎嘶哑。

生命的春天和四季的春天本应同在大自然的怀抱里得到呵护。但是对于囚困在城市里的我们，春天带来的只有凄风苦雨。想要感受春天的欢快气息，谛听春天的天籁之音，就只能寻觅于新绿未萌的莽莽丛林、荆棘丛生的乡间小路、布满石楠的荒僻旷野以及寂静神秘的茫茫群山。在那里，春天清新蓬勃、生机盎然。舒卷的白云，空旷的荒野，微风徐来，空气清新，迷茫的希望和活力使人颤栗。生活，如同我们身边的风景，宏大、宽广、自由——就像一条七彩路，将我们引向未知的尽头。透过横亘在天边的银色云缝，我们仿佛瞥见了这个躁动的微渺世界的巨大希望和壮美，它的芳香气息乘着三月长风的翅膀，吹拂着我们。

我们所不了解的奇思妙想在我们心头涌动。庄严的声音召唤着我们，奋发努力，建功立业。但我们至今还不理解它的深长意蕴，隐藏于我们内心的回声只能作出挣扎、含混，甚至无声的答复。

向着光明，我们像个孩子样伸出我们的双手，探索并试图抓住我们未知的世界。我们的思想，像丹麦歌谣里那个男孩的一样，悠长，迷惘，我们无法看到它的尽头。

必定是这样。透过这个狭窄的世界，我们所有的思想都模糊未定，幽明难辨。我们能清楚把握的思想全都非常琐碎：二加二等于四，饿了吃饭香，诚实是最好的策略，等等。所有伟大的思想对于我们简单的头脑来说，都模糊不明，深广浩渺。透过缭绕在被时间束缚的生活岛屿上的迷蒙薄雾，我们只能窥见深邃思想的朦胧面影，只能听到远方大海的隐约涛声。

与猫狗同行

今天早上它们让我吃了多少苦头，真是一言难尽。事情是古斯塔夫·阿道夫惹起来的。古斯塔夫·阿道夫（楼下的人为了简便都叫它“古斯迪”）算得上是一条非常优秀的狗，不过那是在辽阔的田野里，或是在宽敞的空地上。我可不希望它进我的房子。它的本意也许很友好，无奈我的房间对于它来说，实在太小。它伸个懒腰，身子就超过了两把椅子加一个装饰柜的长度。它摇摇尾巴，房间看上去就像刚刚有一支浩荡大军横扫而过。它呼一口气，就能把壁炉里的火吹灭。

吃晚饭的时候，它偷偷爬到了桌子底下，在那儿躺了片刻，然后，突然站起身来。我们最早感知它的姿势动作，是通过餐桌的异样：它忽然生龙活虎，似乎想要翻个大筋斗。我们拼命摁住餐桌，努力使它维持在一个水平位置。这样一来，它以为我们阴谋跟它作对，便愤而反抗。结局通常是这样一幅场景：一张翻倒的餐桌，一摊溃不成军的晚餐散落在两排四仰八叉、狂怒不息的男男女女之间。

今天早晨，它以惯常的风度走进我的房间，看派头像是乘着一股美洲飓风。头一件事，就是用它的尾巴把我的咖啡杯从餐桌上扫掉，将里面的内容点滴不剩地全都打发到我胸前的马甲上。

我慌张地从椅子里站起身，嘴里骂骂咧咧，迅速向它逼近。它比我抢先一步到了门口，撞上了端着鸡蛋正要进门的伊莱莎。伊莱莎“啊唷”一声跌坐在地，几个鸡蛋滚落到地板上不同的位置，就地把自己摊开。随后，古斯塔夫·阿道夫离开了房间。我跟在后面大喊大叫，厉声警告它：快些滚到楼下去，一小时之内不要让我再见到你。看来它同意了我的意见，绕过煤铲，走了。我这才回到房间，先把自己弄干，接着再吃完早餐。我料定它已经到院子里去了，但十分钟后，我一眼瞥见过道里，这家伙正坐在楼梯口上。我喝令它马上下去，可它只是一个劲地狂吠跳跃。我只好去看看，到底出了什么事。

原来是提图斯。它坐在楼梯口的次一级台阶上，不让古斯塔夫过去。

提图斯是我们家的小猫。其块头跟一个价值一便士的面包圈大致相当。它弓着背，骂骂咧咧，活像个医学院的学生。

它的确骂得很起劲。老实说我自己偶尔也这么干，但比起它来，我只能算是业余水平。实话告诉你（请当心，这个话题也就是我们之间说说而已，我可不想让你们的夫人知道我说的话。女人不懂这些事，但你和我，你知道，男人之间就不一样啦），我认为骂人对于男人益处多多。“骂人”是安全阀，恶劣心情通过无毒无害的胡言乱语得以宣泄，从而避免了以另外的方式对你的心智造成严重的内在伤害。当一个男人说：“上帝保佑，我亲爱的好先生。太阳、月亮、星星，究竟是什么使您如此大意（请原谅我使用这个字眼），以至于让您费这么大劲把您光洁灵巧的脚落在我的粗鄙的脚趾上？是不是您没有领悟到行进中你身体的移动方向？你这个聪明正派的年轻人，你呀！”或者类似效果的措辞时，他当然感觉更好。在我们暴怒的时候，骂人会起到同样的平息效果，和众所周知的打碎家具及猛摔房门之类的方法相比，效果亦颇相当。再者说，骂人这种方法更便宜一些嘛。骂人消除一个男人的火气，就像用火药清理洗衣房的烟囱一样有效。隔三差五地爆那么一下，无论对男人，还是对烟囱，均有益处。对那种从不骂人，也不猛踢板凳，又不狂暴地乱捅火炉的家伙，我实在不敢抱持信任。没有相当的出口，由生活的无尽烦恼所引发的愤怒，就容易在我们体内发炎并溃烂。轻微的烦忧，若不被我们随手抛弃，而是和我们并肩而坐，就会变为悲痛；少许的冒犯，若在反刍的温床上被我们反复思量，就会生长成巨大的伤害。仇恨和报复的种子也就会在恶毒的阴影下，生根发芽。

骂人缓解情绪，这就是骂人的作用。有一回我向姑妈解释这个道理，但她不以为然。她说我与这种情绪之间，理当无甚瓜葛。

我也是这样跟提图斯说。我对它说，像它这样一只生长于基督教家庭里的猫，应当对自己的言行感到羞耻。我并不在乎从一只老猫那儿听到这些骂人的话，但看到一只小猫，这么年轻就会骂人，我恐怕不能袖手旁观。

我把提图斯装进我的口袋里，回到书桌旁，一会儿就忘了它的存在。当我再看到它的时候，发现它已经从我的口袋里爬到了桌子上，正在试图吞下那支钢笔。接着它把腿伸进了墨水瓶，弄翻了瓶子。跟着又舔起那条腿来。再接下来，它又骂开了，当然，这回是在骂我。

我把它放到地板上，迪姆便和它吵起架来。我真希望迪姆这家伙少管闲事，提图斯做什么都与它不相干。何况，它自己也不是什么圣徒，只是一只两岁大的猎狐犬，但它却喜欢什么事都插一杠，那作派就像是个白发苍苍的苏格兰牧羊犬。

此时，提图斯的妈妈也加入了进来，迪姆的鼻子被抓伤了，为此我非常开心。我把它们三个放到过道里，这会儿它们还在战斗。我被打翻的墨水搞得心烦意乱，气急败坏。今天上午，如果再有任何一只猫狗之辈敢来捣乱的话，最好带上它的殡葬师一起来。

话说回来，我的确很喜欢猫和狗。它们是些多么快乐无忧的家伙！作为同伴，它们比人出色多了。它们不会跟你反目成仇，也不会和你争吵辩论。它们从不谈论自己，而是在你喋喋不休地谈论自己的时候，做一个忠实的听众，并且始终保持一副兴致勃勃的样子。它们从不发表愚蠢的评论。它们从不隔着餐桌观察布朗小姐，虽然它们老早就知道她和琼斯先生的关系非同寻常（他前不久才刚刚和罗宾逊小姐结婚）。它们决不会把你老婆的表弟错认作她的丈夫，而把你当成她的公爹。而且，它们更不会要求一个年轻的作者把十四部悲剧、十六部喜剧、七部闹剧和两部滑稽剧放到他的案头，而他自己压根就没写过一部戏。

它们从不说刻薄话，也从不会先是挑剔我们的过错，然后又假惺惺地说“这全是为了你好”。在我们困难的时刻，它们不会婉转地提及我们过去的蠢行和过失，也不会语含讥讽地说：“噢，是的，假如你从前志向远大，如今必定有所作为。”它们从不会告诉我们（就像我们的情人经常所干的那样），说我们远不如从前那样好。在它们眼里，我们始终如一。

它们见到我们总是很开心。它们和我们休戚与共，哀乐同当。我们高兴时，它们快乐；我们严肃时，它们谨慎；我们悲哀时，它们忧伤。

“嗨！快乐吗，想寻开心吗？你算找对了，我就是你的玩伴。我就在这儿，活蹦乱跳地围着你转，跳跳蹦蹦，哼哼唧唧，用脚尖旋转，随时准备陪你玩闹。如果你不相信，就看着我的眼睛吧。还会是什么呢？一个客厅里的捣蛋鬼，并且从来用不着留心家具；或是一个在清新凉爽的空气里蹦蹦跳跳的野孩子；一个跑过田野、奔下山岗的小精灵。难道我们没有让老农夫加弗·高戈尔家的鹅尝过我们的厉害吗！哈，来吧。”

或者，你喜欢安静地思考。很好。小猫帕西可以坐在椅子的扶手上，低声哼哼；大狗蒙特莫伦西蜷缩在地毯上，眼睛一眨一眨地望着炉火，不过有一只眼睛始终停留在你的身上，万一你突然发现老鼠的踪迹，那它就可以大显身手啦。

当我们把脸深埋在自己的双手里，心里希望自己从未出生过时，它们不会正襟危坐地发表高论，说我们一切都是咎由自取，也不会幸灾乐祸地希望那是对我们的警告。相反，它们会静悄悄地走过来，用头轻轻抵着我们。如果是只猫，它会站在你的肩头，撩乱你的头发，说：“天啊，我真为你伤心，老伙计。”明白如话，绝无虚言。如果是只狗的话，它会瞪着真诚的大眼睛，望着你，仿佛是说：“得了，不管怎样还有我呢，我们并肩携手，闯荡世界，不是吗？”

狗非常粗心。它处理事情从来不问你是对是错，从不操心你在生活的阶梯上是升是降，从不打听你是富是贫，是愚是智，是无赖还是圣徒。你是它的伙伴，对它来说，这就足够了。幸运倒霉，荣辱毁誉，非所计也，它反正是铁了心地跟着你、安慰你、守护你，只要需要，它可以把命也交给你——这缺心少肺、痴头傻脑、失魂落魄的狗啊。

噢，我忠诚的老友，你深邃清澈的双眸，你明亮敏锐的目光，在人们没来得及用言辞表达之前，你用眼睛说出了一切。你是否清楚？你只是个没有思维的牲灵。你可曾知道？那个靠在电线杆子上、目光呆滞、一身酒气的笨蛋，他的智商不知比你高出多少。你更不会明白，那一个个自私狭隘的无赖，是怎样靠欺诈为生，他们向乏善举，从无良言，思无不鄙，想无不俗，行无不诡，言无不诈。你可知道这些蝇营狗苟偷偷摸摸的家伙（世界上这种东西有好几百万），他们可比你这个诚实、勇敢、无私的畜生高级得多，就像太阳之于烛光。他们是人啊，你知道，在整个广袤永恒的宇宙中，人是最伟大、最高贵、最聪明、最高级的生命。任何人都会这样告诉你啊。

是的，可怜的小狗，你太蠢，和我们这些聪明的人类比起来，你真是太蠢了。我们懂得政治，还懂得哲学，简单说吧，除了我们是什么、我们从哪里来、我们往何处去之外，除了这个小小世界外面的所有事和里面的大部分事之外，我们无所不知。

不过，没有关系，小猫小狗们，正是因为你们愚蠢，我反倒更喜欢你们。我们都喜欢愚蠢的东西。男人不能忍受聪明的女人；而女人，她最理想的男人应该是一个可以被她称作“亲爱的老傻瓜”的人。偶然遇见一个比自己更傻的家伙，是何等令人愉快，我们会立刻爱上他们。对于聪明之辈，这世界必是个崎岖险恶的所在。庸碌之徒讨厌他们，至于他们自己，他们发自肺腑地相互憎恨。

话说回来，聪明人只不过是无足挂齿的一小撮，即使他们有什么不痛快，也还不至于真的会出什么问题。只要蠢人能够活得轻松自在，这个世界总归还算不赖。

在通达世故方面，猫比狗有着更好的名声——他们更懂得维护自己的利益，对待朋友也不会过于盲目。我们这些世俗男女，对于猫的如此势利深感震惊。的确，猫喜欢厨房里铺有地毯的家庭，要甚于没铺地毯的。倘若家里的孩子多，他们恐怕更愿意到邻居家去打发无所事事的时光。不过总的来说，猫是冤枉的。你和一只猫交上朋友，它将忠诚地跟随你，荣辱与共，甘苦同尝。我养过的猫，全都是我最坚定的同志。曾经有那么一只，我走到哪它跟到哪，几乎叫人颇为难堪，以至于我不得不央求它，务必帮帮忙，千万别再跟着我到大街上去了。当我回家迟了，它总是坐在那儿等我，跑到过道里迎接我。此情此景，让我觉得自己彻头彻尾像个已婚男人，只是它从来不会先是盘问我去了哪儿，继而对我的老实交代一概不信。

我的另一只猫的习惯是，每天很有规律地把自己灌醉。它每天总有几个小时在地窖门外游游荡荡，目的是逮机会溜进去，舔那些从啤酒桶上滴下来的酒。我提及它的这一习性，并非以此来夸颂此辈，而只是想表明：它们中的某些家伙和人类实在并无不同。假如灵魂转世之说果真属实的话，这些小家伙的确有资格迅速成为一名基督徒，因为它对虚荣的爱好仅次于对酒的爱好。无论何时，只要逮到了一只特别大的老鼠，它就会把它带到我们大家正坐在里面的屋子，将老鼠的尸体摆放在我们中间，等待我们的夸奖。天啊！姑娘们总是大呼小叫。

可怜的鼠辈！它们的存在，似乎只是为了让猫狗之徒因捕杀它们而获得荣耀，为了使化学家因发明消灭它们的毒药而财源滚滚。不过，关于老鼠也还有一些吸引人的东西，它的身上有几分诡异和神秘。它们那么狡猾，那么强大，数量惊人，残酷而诡秘。它们成群结队地聚集在废弃的房子里——破窗烂壁，残砖颓瓦，房门在生锈的合页上吱吱嘎嘎地摇晃。它们知道在船即将沉没的时候及时逃离，没人知道为什么，也搞不懂它们去了哪里。它们在藏身之处交头接耳，窃窃私语。厄运即将降临大厅，那些伟大的名字，亦将死无葬身之地。它们在阴森森的停尸房里神出鬼没。

没有老鼠，恐怖故事就不完整。在鬼魂和凶手的故事里，它们静悄悄地跑过空荡荡的房间，壁板的后面能听到它们磨牙的声音，它们贼亮贼亮的眼睛，透过破旧挂毯的小孔，凝视着。它们尖利的叫声，在这个死亡之夜显得神秘可怖。这时候，阵阵悲风呜咽着扫过坍塌的城堡，像一个哀泣的女人穿过无人居住的空房间。

濒死的囚徒，在他们阴森的地牢里，穿透恐怖的黑暗，看见老鼠猩红的小眼睛，如同明明灭灭的煤火。在死亡般的寂静中，听见老鼠的脚爪子疾速走过的声音。他们尖叫着在黑暗中坐起身来，注视着这可怕的夜晚。

我喜欢读那些关于老鼠的故事，哪怕读得心惊肉跳。我尤其喜欢那个哈托主教与老鼠的故事。正如你所知道的，那邪恶的主教将大量玉米囤积在谷仓里，不准那些饿得快死的人沾边。当饥民向他乞讨食物时，他把他们召集到谷仓，突然关上大门，放火把饥民全部烧死。第二天，来了成千上万只老鼠，它们是被派来审判主教的。哈托主教逃到了他坚固的城堡里，它位于莱茵河当中。封好大门，主教设想自己是安全的。但是，再看看老鼠大军吧！它们游过莱茵河，啮穿厚厚的石墙，愣是把坐在塔里的主教给活活吃掉了。

> 它们在石头上磨就它们的利齿，
> 它们此时正将主教的骨头啃吃；
> 它们是被派来审判主教的罪行，
> 它们这就要啃完那主教的四肢。[1]

① 参见英国诗人罗伯特·骚塞（1774—1843）的叙事诗《哈托主教》。

哦，这真是个有趣的故事。

还有哈梅林的彩衣笛手的传说。一开始，彩衣笛手用笛声引走了那些老鼠，后来，当镇长失信于他，笛手就把全镇的小孩引到自己身边，带着他们走进了深山。那是一个多么神奇的古老传说！我很想知道它的寓意是什么，或者，它真的有什么寓意吗？在行云流水般的韵律之下，像是深藏着某种奇妙的东西。这个画面长时间在我心头萦绕：离奇而神秘的老笛手，吹着笛子，走过哈梅林狭窄的街道，孩子们跟随着他，手舞足蹈，脸上浮现出沉思和热切的表情。镇上的老人们想拦住他们，但孩子们毫不理会。他们听着那神秘奇幻的笛声，不由自主地跟着它。正在玩耍的孩子，游戏尚未结束，玩具就从漫不经心的手里悄然掉落。他们并不知道这样急匆匆，到底是去哪里。神秘的音乐在召唤他们，他们紧紧跟随。至于目的地，他们既不关心，更不询问。只有笛声在他们的心中翻腾震荡，别的声音都渐变渐弱。就这样，孩子们脚步迷离地走过彩衣笛手街，出了哈梅林镇，渐行渐远。①

我有时想，有可能彩衣笛手并没有真的死去，或者，他也许还在我们的大街小巷里流连徘徊，只不过他的笛声现在如此轻柔，只有孩子们才能听到。要不然，为什么孩子们在嬉戏时，会突然停下来，站在那儿陷入沉思，两眼茫然，小脸蛋看

① 参见英国诗人罗伯特·勃朗宁（1812—1889）的著名童话诗《哈梅林的彩衣笛手》。

上去那样庄重肃穆？当我们上前询问，他们只是摇摇鬈发蓬松的头，向身后的同伴递过一个神秘的笑容。我总有一种奇怪的感觉，认为他们正在倾听老彩衣笛手的魔法音乐，而且，他们明亮的眼睛多半已经看见了他若隐若现的孤独身影，正悄无声息地在匆忙而喧闹的人群中快速穿插。

甚至，我们这些成年大孩子偶尔也能听到他的笛声。不过，那令人向往的声音非常遥远，这个喧嚣狂乱的世界却总是嘈杂吵闹，淹没了那梦幻般的优美旋律。总有一天，那甜美忧伤的旋律将会发出清澈饱满的声音，我们也会像孩子们那样，扔掉手中所有的玩具，追随而去。慈爱的双手，会伸出来挽留我们；熟悉的声音，会呼喊着让我们停下脚步。但是，我们轻轻推开那深情的双臂，甩下悲伤的亲人，走出敞开的家门。狂野神奇的音乐在我们心中回响，到那时，我们将懂得它歌声里的隽永含义。

我希望人们爱动物，但不要像许多人那样滥情。女人在这方面是最坚定的惯犯。不过，即便是我们这些知识男性，也常常以荒唐的偶像崇拜为由，将其贬斥为讨厌鬼。一些多愁善感的年轻女士在读过《大卫·科波菲尔》之后，便着手寻找一只来历不明的长毛小狗，它有一个可恶的习性：对男士的裤子吹毛求疵，继而嗤之以鼻地表示轻蔑与厌恶。她们用甜蜜的女孩腔跟那动物交谈（只要附近有人刚好能听见）。她们吻它的鼻子，把它不干不净的脑袋贴在自己的脸颊上，那样子好不叫人感动。我还注意到，这样的爱抚表演主要是当周围有年轻男士游荡时才会发生。

有些老太太则崇拜呼吸短促、浑身虱子的胖卷毛狗。我认识两位老处女，她们曾经患过静脉曲张，因此小腿上的静脉像一种德国香肠，常常引得一条狗在这中间窜来窜去。她们每天早晨用温水给它洗脸，早餐照例总是一块羊肉片。每逢礼拜日，其中一位到教堂去，另一位就留在家里给狗作伴。

有许多家庭，其生活的全部兴趣，都集中在狗的身上。顺便说一句，猫倒是极少受这种超级马屁之苦。猫对荒唐之事颇有平常心，此类愚蠢行为，猫一般会委婉而坚决地予以拒绝。然而，狗似乎乐意接受人们的阿谀奉承。它们鼓励主人做傻事，结果就是，在我所提到的那个圈子里，人们从早到晚滔滔不绝谈论的话题就只有“亲爱的菲多”已经做了什么，平时做什么，想做什么，不想做什么，能做什么，不能做什么，过去正做什么，现在正做什么，将来正做什么，应当做什么，不应当做什么，马上要做什么，等等等等，不一而足。

所有这些愚蠢的废话都是说给这个糊涂畜生听的。一天到晚，全家人坐成一排，看着它，评论它的一举一动，互相交流关于它的种种轶闻，回忆它的优点，泪眼盈盈地回想那天他们失去它长达两个小时之久，后来屠夫家的孩子才以最残忍的方式把它送回来。他们看见那孩子一手抓着狗的脖套，另一只手狠揍它的脑袋。

从这些痛苦的回忆里回到现实后，他们争先恐后将一大堆赞美之词一股脑地砸到那畜生身上，直到某位热情过头的家庭成员再也无法控制住自己的感情，疯疯癫癫地猛然扑向那个四足动物，把它搂到胸前，用吻将它淹没。而此时，其他人则忌妒得发疯，站起身来，以与前一个人不相上下的贪婪，紧紧抓住那条狗，低声诉说着赞美和忠诚。

在这些家伙中，每件事情的完成都离不开狗。如果你打算向哪家的大小姐求婚，或是想让老头把他的剪草机借给你，或者，想让母亲报名参加“禁止剧场乐队短号独奏者协会”(真遗憾，迄今为止尚没有这么个组织)，你首先得过狗这一关。在他们愿意听听你的请求之前，必须先征得狗的官方批准。如果(这很有可能，因为那家伙的坦诚本性已被它所受到的非自然待遇给扭曲了)那畜生用敌意的撕咬来回答你的友好建议，那么，你的宏图大业就算彻底完蛋了。

“如果菲多不喜欢谁，”父亲此前就深思熟虑地发表过评论，“我看那家伙就不堪信任。你知道，玛丽亚，我以前就经常这么说。噢！它懂这个，上帝保佑它！”

去他的吧！

想想看，那个粗鲁无礼的畜生从前曾经是一只单纯的小狗崽，从头到脚天真无邪，意趣盎然，耽于玩乐，胸中燃烧着勃勃雄心，一心要变成一只大狗、好狗，吠叫起来一如其母。

天啊！生活悲惨地改变了我们的一切。世界如同一架巨大而恐怖的磨机，从一头推进去是新鲜、明亮和纯洁，另一头出来的，却是陈旧衰朽、潦草模糊、皱纹密布。

就连那只名叫“稳重”的小猫，现在也目光呆滞，睡意沉沉，面容暗淡，脚步迟缓，一副庄重威严的假正经模样。有谁会想到，从前，我们叫它“猫咪”，长着一对蓝眼睛，回旋、奔跑、翻跟头，是个疯疯癫癫的小淘气？

一只小猫身上有着怎样非凡的生命力啊！生命在这种小动物身上激发出的活力真的非常美丽。它们四处奔跑，边叫边跳，用后腿站着跳舞，用前爪抓取任何东西，不停地翻跟头，四脚朝天，踢个不停。它们也不知道自己干什么，它们是如此活力充盈。

读者可还记得，你我是什么时候有过这种相同的感觉吗？你是否能记起那新鲜的、青年时代的光辉岁月？我们踩着洒满月光的小路回家，我们觉得如此饱满的生命实在不适合从容漫步，于是就连蹦带跳，手舞足蹈，大喊大叫，直到那些晚归的农夫们的妻子认为我们疯了，而吓得躲到篱墙之内（她们这么做太有理由了），我们才停下来，大笑不止地看着她们迅速跑开，在我们告别的野蛮呼喊声中，血一下子变凉。

接着，我们流下了泪水，自己也不知道为什么。哦，年轻灿烂的生命！它加冕我们为地球之王；它激荡着我们每一根颤动的血管，使我们飘然欲飞；它振奋着我们充满活力的头脑，叫我们勇往直前，去征服整个世界；我们年轻的心汹涌澎湃，使我们渴望伸出双臂，将那些辛劳的男人、女人和孩子全都拥入胸怀，爱他们所有的人，所有！

啊！那些壮丽的时光，深厚而丰富的时光！我们迸发的生命，犹如一架看不见的管风琴，在我们耳畔奏响陌生、渴望的音乐，而我们年轻的血在咆哮，就像战马为搏杀而嘶鸣。哦，现在，我们的脉搏缓慢而平稳地跳动，我们衰老的关节患有风湿，我们爱上了安乐椅，还有烟斗，嘲笑男孩们的狂热。但是，哦，如何才能再次感受那神祇般的生命，哪怕是短暂一瞬！

羞涩是一种痛

所有伟大的文人都害羞。比如说我，虽然有人曾告诉我，说我的羞涩不大容易看得出来。

我对此感到高兴。要知道它曾经有一阵子极为明显，成为我诸多不幸的根源之一，并且，也给我周围的人带来不便——尤其是女性朋友，她们抱怨得最厉害。

一个羞涩的人，其命运通常不大乐观。男人讨厌他，女人鄙视他，而他对自己，则既讨厌又鄙视。习惯带给他的并不是解脱，除了时间，别无良医。虽说如此，我倒是得到过一个克服此种毛病的秘方。它刊登在一本小周刊的“答读者问”中，是这样写的（我谨记不忘）：“举止从容优雅，讨人喜欢，尤其是对待女士。”

可怜的家伙！我能想象得出，他阅读这份忠告时的苦笑。“举止从容优雅，讨人喜欢，尤其是对待女士”。千真万确！我亲爱的、羞涩的年轻朋友，你难道不是这样做的吗？你刻意掩饰自己的羞怯，装作热情大方，结果，势必因为过分的热情和亲昵，而显得荒唐可笑，令人生厌。然而，如果你率性自然，腼腆含羞，则又会被看作粗俗和愚蠢。

羞涩的人，对于社会加给自己的折磨，亦确有些轻微的报复。在某种程度上，他的痛苦可以传染。他害怕别人，一如别人害怕他自己。他能使一屋子人扫兴，只要他出场，最活泼热情的家伙也会立马变得神态沮丧，表情紧张。

此类麻烦多半是误解造成的。许多人把羞涩者的胆怯错当成傲慢自大，因而深感畏惧，并认为受到了侮辱。他的笨拙也被视为傲慢无礼，从而招致怨恨。有人刚开口对他说话，他就惊恐莫名，血一下子冲上头顶，全然丧失了说话的能力。他本人，则被视为屈从于激情的不幸结果的绝佳样板。

说实话，在任何场合都遭人误解，这的确是羞涩者的宿命。无论他竭力给别人留下什么印象，结果肯定要弄巧成拙。他要是开个玩笑，就会被视为影射事实，并因为缺乏真诚而备受责难。他的隐喻讽刺之词，却被按照字面上的意义照单全收，于是，他理所当然地为自己赢得了蠢驴的美名。另一方面，他有时想表现得也还善于迎合，便冒险向人献上少许恭维，却不幸被视为讥嘲，从此永遭憎恨。

在旁人看来，上述种种，连同羞涩者的其他烦恼，都甚为有趣，自古以来就是写作滑稽喜剧的绝好素材。但是，如果我们的眼光稍稍深远一些，就会发现这幕喜剧有它不幸的，甚至可以说是悲惨的一面。一个羞涩者意味着一个孤独者——一个失去了全部友谊、断绝了所有社会交往的人。他在世界上孤独来往，却不能融入其中。在他与他的同胞之间，永远横亘着一道无法逾越的屏障——一堵坚固而无形的墙，他徒劳无益地试图攀越它，最后摔得遍体鳞伤。

在墙的另一边，他看得见那愉快的笑容，听得见那欢乐的歌声，却无法伸出自己的手，去握住墙那边的手。他呆立一旁，注视着快乐的人群，渴望和他们对话，想告诉他们，自己是他们的亲人。然而，人们和他擦肩而过，互相愉快地闲聊，他无法留住他们。他试图追上他们，但他的狱墙跟着他移动，从四面八方包围着他。在繁忙的街道，在拥挤的房间，在劳作的艰辛中，在欢乐的旋涡里，无论投靠多数，还是置身少数，无处不是人群麇集，亦无处不能听到人们的欢声笑语，看到人们的眼中闪烁着思想的光芒。而这边，羞涩者孤独徘徊，形影相吊，像个麻风病人，内心中充满了爱与渴望，而世界，对此一无所知。羞怯的铁面铆固在他的脸上，面罩下的真实面目，永远不为人知。亲切的话语和由衷的祝福，不时涌到嘴边，却化为喃喃低语，在铁罩的后面悄无声息，渐次飘零。

他的心为那些疲惫的兄弟而疼痛，但他的同情却哑默无声。对坏事的轻蔑和愤慨噎住他的喉咙，却找不到可以让热烈言辞喷发而出的闸门，最后只能咽了回去，戕害自己。所有仇恨、轻蔑以及对自然的深深热爱，在这些被人诅咒的羞涩者的心中，溃烂腐败，却不能发泄出来，他满心酸楚，陷入悲观愤世之中。

是的，羞涩者就像丑女人，在这个世界上，日子颇不好过。要想活得稍稍轻松舒适一点，需要犀牛那样的厚皮。的确，厚皮是我们的精神外套，没有它，我们就不能适应在文明社会里被人注目。一个气喘吁吁、面红耳赤的可怜虫，两腿战战兢兢，双手哆哆嗦嗦，谁看了都觉得惨不忍睹，要是不能自己治愈，那还不如赶快上吊更好。

这种病是能治好的。对于羞怯的缓解，我可以用亲身经历向你们保证：完全可以。读者或许已经注意到，我并不喜欢谈论自己，但出于人道方面的理由，我还是愿意借此机会交待一下。我老实承认，自己曾经像《巴伯谣》[1]里所提到的那个年轻人一样，是“羞涩中的最羞涩”，而且，“任何时候把我介绍给某位漂亮姑娘，我的两只膝盖就会打架，像是害怕得发抖”。好了，简单说吧，我将——不，我曾经——在前天干过这么一件事。当时，我独自一人（就像翻译《高卢战记》[2]的小学生所说的），把一个铁路餐馆的小姐逼入窘境。我用掺杂着酸楚和哀痛的言辞，指责她的无情和傲慢。我礼貌但坚决地强调：旅行中的英国人有权得到尊重和关心。最后，我直勾勾地盯着她的脸。还要我说更多吗？

真的，如此这般之后，我立即离开了餐馆，慌不择路，一副急急忙忙的样子，不等吃上点东西。但那是因为我改变了主意，并非由于我害怕，这你知道。

害羞的家伙差堪自慰的是：羞怯绝不是愚蠢的标志。虽说任性的小丑厚颜无耻地冷嘲热讽，总是那么游刃有余，但最高贵的本性亦并不必然包含厚度可观的脸皮。和公麻雀相比，马并不算是更低一等动物，森林之鹿也并不比猪更低级。羞怯只

① 《巴伯谣》，吉尔伯特的作品。
② 《高卢战记》是罗马大将尤利乌斯·恺撒所写的回忆录，此书是英国小学生最早接触到的拉丁文作品。

不过意味着极度敏感而已，无关忸怩作态，亦非狂妄自大，虽说鹦鹉派哲学总是强调羞怯与此二者密切相关。

的确，自负是治疗羞涩的特效药。当自负在你身上稍一露头，你就会比世界上的任何人都要聪明百倍，畏葸羞怯如遭重击，离你而去。当你顾盼自雄，环视众生，心想他们的智力与你相比只能算是小孩，你鹤立鸡群，自然不会比他们更觉羞怯。

自负是一个人所能穿戴的最精良的盔甲。在它难以穿透的光滑表面，恶意与忌妒之剑的轻刺，只会闪落一旁，无损你分毫。没有自负的护胸铠甲，天才的利剑就无法在生活的战斗中杀开血路，因为你既要主动进攻又要被动挨打。当然，我所说的自负，并非表现为高视扬鼻和装腔作势。那并不是真正的自负，而只是表演自负而已。就像孩子们扮演国王和王后，翎毛乱颤，长袍曳地，高视阔步。真正的自负不会使人反感，正相反，它往往使人变得亲切、仁爱、简朴。他不需要装模作样，他对自己的性格深感满意，他的骄傲深沉厚实，外表却不露纤毫。无论是赞美还是责难，他都淡然处之，他有足够的诚实堪当信任。他内心的幻想比之芸芸众生，更为高远宏阔，因而不屑分辨他人的细微差别。公爵或贩夫走卒，在他看来都无不同。论人衡物，皆出于己；臧否褒贬，盍假他人。

另一方面，羞涩者又很谦卑——他的谦虚来自于自己的判断，也来自于他过分在乎别人的看法。不过，年轻人这样完全正确。他的性格尚未成形，正从多疑而少信的混沌中慢慢形成，随着经验见识的增加，胆怯会逐步减少。一个男人的羞涩很少能够持续到成年以后。即使他自己的内在力量不能将它摆脱，社会的砥砺通常也会将它磨平。你几乎很难遇到一个真正羞涩的男人——除了在小说里，或是舞台上。顺便插一句，在那种地方，羞涩男人备受追捧，尤受女人的青睐。

在那片神奇的土地上，他常以圣洁的金发青年的形象出现——在舞台上，金发总是伴随着善良。二者中任何一个单独出现，恐怕没有一个体面的观众肯相信了。我认识一位演员，有一次他把假发放错了地方，只好顶着自己的头发匆忙上台饰演主角，而他是黑头发。结果，观众席上对于他的每一次投入高尚情感的表演，都报以一片嘘声，因为他的这个样子在观众眼里就是个恶棍。他——羞涩的年轻人——爱着女主人公，爱得如此真挚热烈（只通过旁白表达，因为他不敢当面对她说）。他那么高尚无私，语调低沉，对母亲那么恭顺，戏里的坏人嘲笑他、戏弄他，他却那样平静地承受一切。最后的结局表明，他是个极聪明的人，虽然没有人理解这点。然后，女主人公告诉他，她也爱他。他那么惊讶，而且，噢，那么幸福！每个人都爱他，乞求他原谅，他报以几句简短、精当而略带挖苦的措辞，并祝福他们。他好像从来都如此快乐幸福，弄得那些并不羞涩的年轻人全都巴不得自己变得羞涩。真正羞涩的男人对此体会更深，他知道现实并不如此赏心悦目。他就远不如虚构里的主人公那么情趣盎然，比较起来，他略嫌笨拙愚蠢，亦稍欠热诚文雅，并且，他的头发也未免太黑了点。所有这些加到一起，结果也就大相径庭。

和他的观念相一致的，是他的忠诚。我对羞涩青年的一种美德深表赞同，那就是他对爱情的专一。当然，其原因也不难找到。真实情况是，他已经耗尽了全部的勇气储备，用来和一个女人四目相对，再让他去经受第二个女人的残酷考验简直没有可能。他承受过全体女性带给他的太多恐惧，绝不敢与更多女人再作周旋。一个已经够他受的了。

好了，那些脸皮较厚的年轻人则大异于是。他所面临的诱惑，实在是他那位羞羞答答的兄弟压根就没遇见过的。他四下打量，无处不是挑逗的眼睛和微笑的嘴唇。置身于这么多挑逗的眼睛和微笑的嘴唇之中，他一时忘了自己究竟属于哪一双挑逗的眼睛，哪两片微笑的嘴唇，昏昏然向错误的女孩求爱，还有什么比这更自然的呢。而羞涩者，除了自己的靴子，从来都不看其他的东西，这可真是眼不见心不烦。羞涩者是有福的！

不过，羞涩者自己倒宁可没有那样的福气，他巴不得能和别人一样“鬼混”，每天臭骂自己不谙此道。时常竭尽全力地鼓足勇气，想要投身浪荡哥儿的行列，但成绩总是很糟。一两次无力挣扎之后，他重新瘫软在地，柔弱可怜。

虽然我说“可怜”，但恐怕从来就没人可怜他。某些不幸给受害者带来巨大的痛苦，却并没有得到相应的同情。弄丢雨伞，坠入情网，牙疼，鼻青脸肿，坐在了自己的帽子上。此处提到的可能是很少的几个例子，不过，首当其冲的还应该是羞怯。羞涩者被人当作活生生的笑料。他的痛苦是客厅竞技场上的体育运动，看客们兴致勃勃，对他指指戳戳，议论风生。

“瞧啊，”他们窃笑着，此呼彼应，“他脸红啦！”

“快看他的两条腿。”一个家伙说。

“您注意他是怎么坐的吗？”另一个补充道，“坐到了椅子边沿上啦。”

“看上去还挺爱脸红嘛。”一位军人模样的先生讥讽道。

“可怜他不知道该把手放在什么地方，”一位老太太低声道，她自己的手安静地交叉在腿上，“他的手简直叫他不知所措。”

“把他的腿截下一两码不至于有什么损害吧，”喜欢插科打诨的家伙插嘴道，“尤其考虑到他似乎正急着想把它们藏起来。”

接着，有人建议像他那样的嗓音应该去当船长；有人注意到他抓起帽子时的那股拼命劲儿；还有人对他的拙于言辞评头论足；另一些人则对他自然的咳嗽感到不胜其烦。诸如此类，等等等等，直到他的怪癖和那些家伙的唾沫都被抖落干净为止。

这个可怜的孩子，在亲戚朋友那儿情况更糟（和旁人比起来，亲戚朋友对他更有痛心疾首的特权）。他们不但在彼此之间取笑他，而且坚持要他明白自己可笑之所在。他们为了教诲他、开导他，而特意模仿他、丑化他。其中一位仁兄假扮成他，先走到外面，再滑稽而紧张地走进来，然后对他解释：这就是他（那个腼腆的家伙）走进房间时的样子。要么就转身对他说："这就是你和人家握手时的样子。"然后和屋里的其他人一起演出一场滑稽哑剧，和他们一一握手，像是握着一个滚烫的盘子，再松手掉下。接下来，他们追问他为什么要脸红耳赤，为什么要结结巴巴，为什么那样低声细语，似乎他们觉得他这么做是故意的。再后来，其中一位挺胸收腹，在屋子里像只大肚鸽那样昂首阔步，然后很认真地建议他应当像这样走路。老头拍着他的背说："孩子，大胆些，谁也别怕。"母亲说："阿尔杰农，千万别做任何会让你丢脸的事，这样你就永远不必为你做过的任何事而难堪。"她冲他和蔼地微笑着，似乎对自己的清晰逻辑感到惊讶。男孩们说他"比女孩子还要差劲"；而姑娘们对这种加之于自己性别的暗示性诋毁，愤怒地给予还击，她们有把握地宣称，绝对没有一个女孩有他一半糟糕。

她们完全正确，的确没有女孩会这样。据我所知，世界上压根就没有"羞涩女人"这么个东西。当然，或许有亦未可知，但无论如何本人从未碰见过，除非你逮着一个让我见识见识，否则我不打算相信她们的存在。我知道，人们普遍接受的观念，与此正好相反。所有女人都被假设为胆小羞怯、惊慌失措的小鹿。被人家看的时候，她们应当脸色绯红，垂下温柔的双眼。人家和她们说话时，她们应当迅速跑开。而男人则被假定为鲁莽大胆，嬉笑打闹。可怜又可爱的小女人为此赞佩我们，但对我们又怕得要命。此种理论固然优雅迷人，但正如大多数被普遍接受的理论一样，亦只是胡说八道而已。一个十二岁女孩早学会了傲慢自负、冷若冰霜，而她二十岁的哥哥却嗫嗫嚅嚅地站在她身旁。一个女人在音乐会上迟到，她会脸不红心不跳地打断演出，搅扰全体观众；而跟在她身后的丈夫，则弯腰弓背，缩头缩脑，一脸痛苦地连声道歉。

上迄秋波初递，下至蜜月结束，在一切与爱情有关的事情上，女人们全都艺高胆大，举世皆知，无须絮絮。前面所举实例亦殊欠公允，男女的角色定位并不对等。爱情是女人的“生意”，我们做生意的时候，理所当然要把自己的天生弱点搁置一旁——我所认识的最羞涩的男人是给照相馆揽生意的。

育婴指南

哦，是的，我对婴儿倒是颇有些了解。我自己就曾经是他们当中的一员，虽说时间不长——至少没有我那时穿的衣服那么长。那些衣服的确很长，这个我记得，当我想踢某个家伙时老是绊住我的脚。为什么婴儿要穿如此长的衣服？这虽然不是什么难解之谜，但我还是很想知道，遗憾的是到现在也没弄明白。是不是因为父母们对孩子的尺寸颇感惭愧，于是希望藉此使他们看上去比实际尺寸更大些呢？有一回，我向一个保姆请教此事，她说：

“感谢上帝，先生，他们一直穿长衣服呀，祝福这些小心肝儿。”

当我向她解释，她的回答——虽然我不怀疑她的诚实——几乎没有解决我的疑问时，她答道：

“上帝保佑，先生，您不会叫他穿短衣服吧？可怜的小乖乖。”她说话的口气似乎暗示我在主张某些卑劣的暴行。

打那以后，我在调查这个问题时总是颇为踌躇，因此对我来说，个中缘由——如果真有什么缘由的话——至今仍然是个谜。不过在我看来，给婴儿穿任何衣服，似乎都很荒唐。鬼知道，在我们需要衣服之前，就已经在生活中受够了穿衣脱衣之苦。你也许会认为：那些在床上生活的家伙，好歹总可以免受这种折磨吧。早晨把那个可怜的小倒霉蛋叫醒，脱下一堆衣服，穿上另一堆衣服，再把他放回床上；晚上又把他从床上拎起来，仅仅是倒过去把上面的事情重做一遍，真是何苦来哉？折腾完了之后，我倒真想知道：婴儿夜里穿的衣服与白天所穿的，到底有何不同？

然而，我这样问，恐怕只能使自己显得荒唐可笑（正像别人告诉我的，我这人常常这样），因此对于此类衣服方面的问题我决定不再多嘴，除非某种时尚款式在区分婴儿性别方面能给我们带来极大便利。

就目前而言，此种便利尚属难题。而发型、服饰和谈吐，所能提供的线索亦皆甚少，剩下的办法就只有瞎猜啦。糟糕的是由于某种神秘的自然法则，你总是猜错，于是你就免不了要被所有的亲朋好友尊为傻瓜加无赖。在谈到一个男孩时用“她”，与提及一名女婴时称“他”，其罪大恶极的程度实在不相上下。无论碰巧弄错性别的那个孩子是男是女，你都会被认为是蓄意轻蔑，只要涉及这个话题，就会被视为对整个家庭的人身侮辱。

另外，你如果还爱惜自己的良好名声的话，千万不要使用“它”这个称呼，更不要指望以此来摆脱困境。

有五花八门的方法可以让你忍耻蒙羞，比如残忍地谋杀一个受人尊敬的大家庭，然后将他们的尸体沉入自来水公司的蓄水池，这样一来，你的罪行就会在邻里间招致非议；甚至抢劫教堂也会使你获得衷心的厌恶，尤其是教区牧师的厌恶。不过，假如你想尽情畅饮人类同胞泼向你的轻蔑憎恨的污言秽语，那就让一位年轻母亲听你用“它”来称呼她亲爱的宝贝吧。

最高明的办法是用“小天使”来称呼那种东西。“天使”一词两性通用，此种场合最为适宜，而且这个称号的确颇受欢迎。为了花样翻新，“小乖乖”或“小美人”也很有用，不过，“天使”仍是你赢得最大信任和好感的首选术语。说出这个词之前，应当先哈哈一笑，说的时候再伴之以尽可能多的微笑。另外，无论你做什么，千万别忘了说那孩子的鼻子酷似其父。这一招拍婴儿双亲的马屁（原谅我的粗俗）真是百试不爽。他们的第一反应是装作一笑，说：“噢，胡说！”此时，你必须装出兴奋的样子，坚持说那绝对是事实。对此你大可不必良心不安，因为那小东西的鼻子的确大似其父（其所有天性方面都酷似其父），实际上，鼻子只不过是个小缺陷而已。

不要小瞧这些提示，我的朋友，总有一天你会派上用场。想想这样的场景：一边是妈妈，另一边是奶奶，身后是一群衷心赞美的女士（很遗憾不是赞美你），面前是光头小人儿，这时候你就会因为知道该说些什么而感激涕零了。一个男人（我指的是未婚男人）最为尴尬的处境，莫过于经受“看看我的小宝贝儿”的严酷考验。哪怕仅仅是个提议，也会叫他背心发冷，不寒而栗。他说“不胜荣幸”时的一脸苦笑，甚至足以让一位母亲心旌摇荡，除非——正如我一向认为的——此举纯粹是妻子们采用的一种策略，目的是让单身汉朋友知难而返。

无论有什么样的托词，它都是一个残酷的圈套。铃声一响，有人吩咐保姆把婴儿从楼上抱下来。这是一个信号，接着，所有的女性出场，开始谈论“宝宝”。在此期间，你被冷落一旁，暗自神伤，思谋着是否可以突然想起一个重要约会，以及她们有没有相信你的可能。你刚刚编造出一个叫人殊难置信的荒唐借口，正打算说门外有人等你，房门开了，一位身材高大、一脸严肃的女人走了进来，抱着个乍一看不甚起眼的小枕头，一头毛茸茸的。不过本能告诉你，这就是那个婴儿。你可怜兮兮地站起身，试图装出热心的样子。等到在场女士对那婴孩的第一波热烈赞美渐次平息，叽叽喳喳的女士在数量上减少到寥寥四五人（她们通常四五人一组轮流上阵），此时，该轮到你迈步向前啦。你走上前的样子跟走上弓街[①]的被告席没什么两样，接下来，你苦不堪言，呆若木鸡，目不转睛地看着那孩子。四周鸦雀无声，你知道每个人都在等你发言。你搜索枯肠想说点什么，却惊恐地发现：你的理性能力已经离你而去。在这个绝望的时刻，你的邪恶天赋抓住了机会，使你头脑里冒出了在人类的胡言乱语中最为白痴的评论。你傻笑着，环视四周，嘿嘿地说：“这孩子头发不多，是吧？”好一阵子没人响应，最后，那位庄严的保姆郑重其事地说道：“五周大的孩子，头发一般不会有多长。”随后又是一片肃静，你觉得自己得到了第二次机会，于是乘此良机询问那孩子是否会走路，或者他靠吃什么活着。

---

① 弓街，伦敦一条古老的街道，因形似弯弓而得名，靠近考文垂公园，著名的弓街地方法院（1740 年建成）即坐落于此。

事情到了这个地步，你无可救药地被视为缺心眼，你能感受到的唯一的东西恐怕只有同情。可保姆却坚决认为，不管你心智是否健全，都不应该逃避义务，你要把自己的职责履行到底。于是她将那捆包袱推到你的面前，用高级女祭司揭示某种宗教秘密时的腔调说：

“先生，抱抱他。”你五雷轰顶，却又无力推拒，只好诚惶诚恐地接过包袱。“胳膊放得更下一点。”高级女祭司说。然后，所有的人都后退一步，专心地注视着你的举动，仿佛你正准备打那个小家伙的坏主意。

你手足无措，既不知道该说什么，也搞不清该做什么。可以肯定的是，你必须要做点什么，而此时，你唯一闪现心头的一件事，就是把那个闷闷不乐的小家伙抱在手上悠来荡去，嘴里念念有词地唱“宝贝呜呜小宝贝”，或者在智力上大致与此相当的一些废话吧。“先生，我要是你就不会这么颠他，”保姆说，“这样会使她不舒服。”你迅速决定不再颠他，满心希望自己还不至于做得太过分。

小家伙自始至终用恐惧和厌恶的表情向你致意，就在这个节骨眼上，他突然呜哩哇啦尖叫起来，终于结束了这个愚蠢的把戏。女祭司冲过来一把夺过孩子，嘴里念念叨叨：“哦哦，宝贝儿！哦哦，怎么啦？嗯嗯。”“多么令人惊奇！”你松了一口气说：“也没把他咋的呀，怎么就这样呢？”孩子的母亲愤怒地说：“哎呀，还要怎样？孩子绝不会无缘无故哭成这样。”显然，他们认定你用大头针扎了他。

那小子终于安静下来，而且无疑会静一阵子，但是没想到有喜欢恶作剧的好事之徒再次指着你，问那孩子："宝贝儿，这是谁呀?"聪明的小家伙认出了你，哭得更凶了。

对此，某位胖老太太评论道："真奇怪，孩子竟然也会讨厌什么人。""哦，他们知道讨厌谁。"另一位神秘地回答说。"这真叫人惊讶。"第三位补充了一句。于是，每个人都对你侧目而视，确信你是一个最恶毒的无赖，并得意地认为：你的真正本性虽然瞒过了你的同胞，却被一个小孩子尚未开化的本能所识破。

然而，孩子尽管犯有种种罪错和过失，但他们亦并非一无是处。他们充实空虚的心灵；他们将爱的阳光洒在愁云密布的脸上；他们用纤小的手指抚平皱纹，化为笑容。当是时也，我们还能说他们一无是处吗?

古怪的小精灵！他们不知不觉地充任了世界大舞台上的喜剧家。他们给生活的沉重戏剧平添幽默。每个孩子都是坚定地和规矩秩序作对的小捣蛋鬼，他们从来都是在错误的时间，于错误的地点，以错误的方式，做错误的事情。女看护吩咐詹妮，去看看汤米和托迪在干什么，并"告诉他们不能那么干"，她洞悉孩子的天性。给普通孩子一个绝好机会，小家伙要是真的没做什么不该做的事，那倒应该马上去叫大夫。

小家伙们干起荒唐透顶的事情来，堪称天才，做这种事情的时候，他们面容严峻，表情坚毅，叫人忍俊不禁。两个小家伙一副公事公办的样子，手牵着手，迈着摇摇欲坠的蹒跚脚步往东去，一个脾气暴躁的大姐姐在后面大喊大叫，要他们跟她向西走。这般情景在旁人眼里（那位大姐姐或许应该除外），最为有趣。他们绕着一个哨兵转圈，带着巨大的好奇心紧盯着他的双腿，不时地捅捅他，看是不是个真家伙。他们力排众议，坚决主张坐在公共汽车尽头的那个害羞的年轻人就是“大大”，使受害人感到无地自容。人头攒动的街口让他们意识到，那正是高声大气地谈论家庭丑事的绝佳场所。来到交叉路口正当中，他们突然产生跳舞的冲动；而生意繁忙的店铺的门阶，则是他们选定坐下来脱掉鞋子的好地方。

在家中，他们发现屋里那根最大的拐杖或者一把雨伞（如果是撑开的则更好），对于爬楼颇有助益。他们在一个精确的瞬间发觉自己喜欢玛丽·安，此时那位忠实的女仆正在打扫壁炉，没有东西能够缓解他们拥抱她的激情。说起食物，他们最钟爱的饭菜是可乐和猫食。他们照料小猫时把它翻个四脚朝天；他们对狗表达好感的方式就是拽它的尾巴。

他们是一堆麻烦，他们所到之处一片狼藉，把他们抚养成人所费甚巨。但你还是不愿拥有没有小孩的房子。没有他们聒噪的舌头和淘气的双手，那简直就不是个家。屋子里缺了他们噼噼啪啪的脚板声，难道不显得空寂吗？没有他们的叽叽喳喳七嘴八舌，你难道不会怅然若失吗？

事情本该如此。我有时想，孩子的小手如同分岔的楔子。拒不承认全人类最纯洁的感情（它使女人的生命臻于完美）——母爱，乃是最愚鲁的勾当。那是圣洁之爱，我们这些粗糙的男人几乎无法理解。如果我说，母爱的确不应该淹没其他的一切温情，我希望这不会被视为对母爱缺乏尊重。婴儿不必要占据你的全部身心，就像用围墙圈起沙漠水井的富人，井边难道不正站着另外那些口干舌燥的旅行者么？

在你们身为良母的热望当中，也别忘了做个好妻子。没有必要把所有的思虑和关心都集中在一个人身上。当可怜的埃德温希望你陪他出去走走的时候，不要气哼哼地回答："什么？丢下孩子！"不要将整个晚上都消磨在楼上的婴儿室里，也不要让你们谈话的内容仅仅局限于百日咳和麻疹。亲爱的小妇人啊，孩子打个喷嚏不会有性命之虞；你前脚出了大门，保姆也不会后脚就跟着当兵的私奔，房子也不会转眼就着火坍塌；你离开孩子床边片刻，猫也未必就会溜进来坐在你娇贵宝贝的胸口上。你为那唯一的小家伙而自寻了太多的烦恼，其他的每一个人却都为你而烦恼。试着想想你另外的责任吧，你娇好的脸庞就不会总是皱纹密布。婴儿室里的快乐，客厅里一样也有。稍稍关心一下你的"大宝贝"吧。陪他跳一小会儿舞，叫叫他动听的名字，偶尔开开他的玩笑。只有头一个孩子才会占据一个女人的全部时间，五六个孩子并不需要像一个孩子那样给予那么多的关注。可是，不等你有更多的孩子，糟糕的事情已经接踵而至：屋子里似乎已经没有丈夫的空间，妻子忙得顾不上关心丈夫，而且在蛮不讲理的丈夫眼里，也慢慢失去了魅力，他学会了到别处去寻找安慰和关怀。

就此打住，打住，打住吧！如果我继续这样啰里啰唆，恐怕就会给自己挣得"婴儿憎恨者"的尊号了。老天知道我并不是这样的人。看到一张张天真无邪的小脸，胆怯无助地围聚在通向世界的大门前，谁还会心怀怨恨呢?

世界！这圆圆的、小小的世界啊！在孩子眼里，是个多么辽阔神秘的地方！屋后的花园看上去是一片多么荒凉的大陆！他们进入楼梯底下的储藏室里，那是多么不可思议的探险！他们俯瞰楼下的长街，不知何处是尽头，目光何等敬畏！那就像我们这些大孩子仰望繁星闪耀的苍穹。

他们投向那条最长的街道——那条在他们面前蜿蜒而去、昏暗朦胧的生活长街——的匆匆一瞥，何等沉着老到！有时候，他们的目光又是何等可怜，何等惊慌！一天晚上，我看见一个小不点儿坐在梭霍区[①]贫民窟一个门口的台阶上，我永远也忘不了那孩子枯萎的脸上被煤气灯照现出的目光——一种呆滞绝望的目光，仿佛看见他悲惨的生活远景在肮脏的庭院里像幽灵一样渐次呈现，恐惧窒息了他的心灵。

可怜的稚嫩的双脚，刚刚开始踏上坚硬的旅途！我们这些成年旅人，在这条路上已经渐行渐远，只能暂停片刻向你扬手致意。你走出黑暗的迷雾，我们回首四顾，看见了你。你遥远的身影是那么小，站在山崖的顶端，双臂伸向我们。愿上帝保佑你成功！我们愿意停下来，牵你的小手在我们的手中，但大海的低吟正在我们耳畔回响，我们无法再作逗留。我们必须加紧赶路，缥缈的航船正等着继续它们前途暗淡的航行。

---

① 梭霍区，伦敦中部的一个区，在 17 世纪居住的主要是移民，现在因其饭店、剧院和夜总会而闻名。

吃喝之道

我对吃喝一向兴致颇高，即使小时候也是如此——在早年，主要还是吃这方面。那时候，我牙好胃口好，消化能力也好。记得有一次，一位面色青紫、眼神麻木的先生到我们家做客。他盯着我吃饭足有五分钟，看来十分入迷。观赏完毕，他转身问我父亲：

“令郎从未得过消化不良么？”

“我从未听他有过任何那样的抱怨。”父亲答道。接着问我：“你有过消化不良吗，肚子疼？”（他们都叫我“肚子疼”，但那不是我的本名。）

“没有，爸。”我回答。紧接着我又补充道：

“爸，消化不良是个啥玩意儿？”

我们面色青紫的朋友开始用惊异而忌妒的眼神注视着我，然后，用饱含怜悯的语气缓慢地说：

“你会知道的，总有一天会知道的。”

我可怜的、亲爱的妈妈总说她喜欢看我吃饭，打那以后，她的这番话一直带给我愉快的回忆，我在这方面亦必定使她感到相当满意。一个成长中的健康少年，功课繁重，却能小心克制，不使自己太过沉迷于学习，而于进食能力方面，通常倒能满足最严苛的期望。

看男孩们吃饭很有趣，前提是你不必为他们掏腰包。在他们的观念里，所谓饱餐一顿，就是一磅半烤牛排，五六只大个儿马铃薯（越油腻越好，因为更实在），若干蔬菜，四大份约克布丁外加两小份醋栗布丁，几个青苹果，少量坚果，半打甜面圈，以及一瓶姜汁啤酒。吃完他们就去骑马。

他们肯定瞧不上我们这些家伙，就凭一勺清汤、一对鸡翅，竟可以厚着脸皮坐上两个小时！

但男孩们那一边也并非风骚独领。一个小男孩就未曾享受过餍足之乐，他从不满足。他从来不会伸直大腿，两手抱头，双目微阖，沉浸在男人酒足饭饱后飘飘欲仙的幸福之中。对一个男孩来说，什么样的晚餐都大同小异，无非是填饱肚皮而已。而对于一个男人，它却是仁慈仙女的一剂良方。晚餐之后，世界会呈现出明亮而美好的一面。一个心满意足地享用过一顿晚餐的男人，会产生一种热爱全体同胞的渴望。他轻柔地抚摸着小猫，温情脉脉地称呼它“可怜的咪咪”。对屋外德国乐队的乐手们抱有深切的同情，惦念着他们的冷暖。那一刻，他甚至对老婆家的亲戚也恨不起来。

一顿美餐使男人温情的一面袒露无遗。在腹中美食的温和影响下，阴郁乖僻的人会变得兴高采烈，喋喋不休；迂腐古板的家伙，一天的其他时间里好像只靠醋和泻盐活着，饱餐一顿之后，他们皱纹密布的脸上才会荡漾出微笑。他们还轻轻拍着小孩们的脑袋，含糊其辞地表示要给他们六便士。严肃的人变得温和愉快；而势利的年轻人（须发浓密的那种）则忘了让自己惹人讨厌。

我则总是在晚餐之后暗自神伤，那是我唯一能正确欣赏爱情小说的时刻。于是乎，当男主人公最终狂热地把“她”抱在胸前，并抑制住自己的啜泣时，我不禁悲从中来，就像发纸牌时自己只摸到了一张两点；当女主人公最后死去时，我止不住潸然泪下。如果我在清早阅读同一个故事，就会对它冷嘲热讽。消化（或者，更准确地说是不消化）对心灵有着不可思议的影响。如果我想写点悲惨兮兮的东西——我的意思是，如果我想尝试着写点儿悲怆兮兮的东西——我就会提前大约一小时吃一大盘热奶油松饼，这样，等我坐下来工作的时候，一种说不出的忧郁感就会漫上心头。我描绘一对伤心恋人在孤独偏僻的路旁篱门前作最后的诀别，悲凉的黄昏暮色四合，远处，牧归羊群丁零当啷的铃声打破悲情满怀的寂静。老人坐看凋萎的繁花，直到视线模糊，泪光迷离。玲珑秀丽的少女守候在敞开的窗前，望穿秋水，但“他没有出现”。似水年华匆匆而逝，阳光般的金丝发缕变得稀疏花白。他们逗弄过的婴孩已经长大成人，并且自己也有了一群矮胖的淘气儿女，和他们一起嬉戏过的玩伴，如今正躺在萋萋荒草下的永恒寂静之中。但他们仍在等待和守望，直到无名夜晚的黑色暗影悄悄地漫过来将他们淹没，直到那个糊涂烦恼的世界从他们疼痛的双眼里渐次凋零。

我看见苍白的尸体漂浮在白沫翻滚的波浪里，临终病榻上的苦涩泪痕斑斑点点，杳无人迹的凄凄荒漠上坟茔片片。我听见女人凄厉的哀号，小孩低沉的呻吟，壮汉干涩的呜咽。这全是因为奶油松糕。一份羊排和一杯香槟，可唤不起我一丝半毫的忧郁想象。

滚圆的肚皮对诗兴大有裨益，老实说，没有哪一种情绪靠瘪瘪的肚皮就能维持。我们没有时间和兴致去沉湎于假想的烦恼，除非我们已经消除了我们真实的不幸。屋子里站着法警，我们就不会为死去的小鸟低徊叹息；我们不知道到地球的哪个角落才能弄到我们的下一个先令，也就不会在乎我们笔下情人的笑容是冷是热，抑或是不冷不热，或者干脆就不在乎关于她们的任何东西。

傻瓜——当我用这样轻蔑的口吻提到“傻瓜”时，我的意思是指持有和我不同见解的那些家伙。如果有一个家伙让我轻蔑有加，那他准是在所有话题上都和我意见相左。傻瓜（我接着说吧）告诉你，精神贫困比肉体饥渴更叫人痛苦难忍，那是因为他们对这二者都没有太多体验。浪漫感人的鬼话而已！用来安慰那些热恋中的小青年倒正合适，他们傲慢地俯视着苍白憔悴、一脸菜色的穷鬼，心里想：“哦，和我比起来，你多幸福啊！”也可以用来宽慰肥胖的老先生，他们喋喋不休地诉说：穷比富好。但是，这些全是胡说八道，全是无耻谎言。疼痛的脑袋很快使人忘掉疼痛的心。断了的手指头会驱散对失去恋人的所有回忆。当一个人感到实实在在的饥肠辘辘，他感觉不到除此之外的任何事情。

我们这些红润饱满、衣食无忧的家伙几乎无法懂得饥饿感是个什么东西。我们倒是懂得什么是食欲不佳，对摆在面前的美味佳肴无动于衷，但我们不知道渴望食物意味着什么（别人在浪费面包的时候，你却为面包而死）。用饥饿的眼睛盯着肮脏的窗户后面正在嗞嗞冒热气的粗糙食物，渴望得到一点豌豆布丁，却掏不出一个硬币来买。只觉得一片面包皮堪称美味，一块硬骨头如同盛宴。

饥饿感对我们来说是一种奢侈品，一种开胃增味的调料。仅仅是为了发现从吃喝中到底能获得多少满足，也很值得尝尝饥渴的滋味。如果你想彻底享受你的晚餐，早饭后到乡下一气走上三十英里，这期间不要碰任何吃的东西。等回到家，看到洁白的桌布和热腾腾的饭菜，你是怎样的两眼放光！当你放下喝空的啤酒杯，再拿起刀叉，又会发出一声怎样满足的叹息！吃完饭，把椅子向后一推，点上雪茄，面带微笑地环视众人，这时你感受到的是何等的惬意！

然而，执行这个计划的时候，要确定无疑地保证最后那顿货真价实的美餐，否则那失望就够你受的了。我记得曾经和一位朋友——哦，亲爱的老约瑟夫，我们在生活的迷雾中互相失去对方已经很久了。我最后一次见到约瑟夫·塔波伊斯想必是八年之前。再次见到他那张快乐的脸庞，重又紧握他有力的双手，又一次听到他爽朗的欢笑，那是多么令人愉快啊！他还欠我十四个先令呢。好啦，那次我们一起度假，一天早晨，我们早早地用过早餐，便开始了一次漫长的远足。我们为那天的晚餐订了一只鸭子，并叮嘱："来一只大的，我们回来的时候肯定非常饿。”正准备出门的时候，房东太太兴致勃勃地走进来，说：“我给先生们弄来了一只鸭子，希望你们满意。如果你们能把它消灭掉，那可真是好样的。”她手里拎着一只家禽，大约有擦鞋垫那么大吧。我们瞥了一眼那东西，心里暗笑，说我们愿意试试。说这话的时候，我们像一个深知自己实力的家伙那样，自鸣得意。然后，我们就出发了。

不出所料，我们迷了路。我在乡下总会这样，每次都弄得我几乎要发疯，因为你向碰到的任何人问路都毫无用处。指望一个乡下粗人知道到下一个村子的路该怎么走，还不如去向一位客栈女佣打听怎样整理床铺。你把问题喊上三遍，声音才会钻进他的脑壳。第三遍的时候，他才迟缓地抬起头，茫然地看着你。你还得冲他吼上第四遍，他跟着你再把问题重复一遍。他沉思了一会儿，时间足够让你数到二百。然后，他开始以每分钟三个字的速度和你说话，他认为你“最好这么走——”这时他看见另一个傻瓜正沿着这条路走来，就大叫着把我们的问题向那个人重复了一遍，想听听他的建议。两个人为此争论了大约一刻钟，最后才一致认为：你最好径直沿着小路走，再向右拐，过了第三个栅栏门，循着老吉米·麦尔切家牛棚的左侧，穿过七英亩庄稼地，再经过斯奎尔·格拉宾家的干草垛，在一段骑马小路上走一会儿，直到你来到那座小山的对面，那儿早先有个风车——但现在已经没了——再向右一拐，背对着斯提金家的种植园……到这时，你只好对他们说声“谢谢”，头昏脑涨地落荒而逃，对于到底该怎么走仍旧没有丝毫概念，唯一清楚的是：在某个地方（或者其他的什么地方）有个栅栏门，那是你的必经之地。接下来，在下一个转弯处，你遇到了四个栅栏门，每一个都朝着不同的方向！

这样的痛苦考验我们遇上了两三回。我们脚步沉重地穿过田野。我们涉过溪流，攀过棘篱，爬过墙垣。我们为最初迷路到底是谁的错而吵了一通。我们垂头丧气，双脚酸疼，筋疲力尽。虽然经历这种种磨难，但对鸭子的希望却始终在支撑着我们。仙境般的幻象浮现在我们疲惫的眼底，拽着我们向前。想到这点，就如同昏厥的士兵听见了军号的召唤。我们一边谈论着鸭子，一边用对它的渴念互相打气：“快走啊，鸭子要馊啦。”

有一刻，我们感受到一种强烈的诱惑，想走进我们路过的一个乡村客栈，来一份干酪和几块面包，但我们英勇地克制住了自己：饥肠辘辘才能让我们更好地享受鸭子的美味。

最后的四分之一英里我们只用了三分钟，回到镇上，我们幻想着已经闻到了鸭子的香味。我们冲上楼，洗澡，换衣，下楼，把椅子拉到餐桌旁，坐下来，摩拳擦掌。不一会儿，房东太太掀开盘盖，我们抄起刀叉，开始切鸭肉。

那家伙看来的确需要大动干戈。我和它搏斗了大约五分钟，居然未能损其分毫。于是，正在吃马铃薯的约瑟夫建议：如果找个精于此道的人来干这活是不是要好一些。我毫不理会他这个愚蠢的建议，再次向鸭子发动进攻。这回由于我的动作过于生猛，那畜生离开了餐盘，躲到火炉围栏里去了。

我们很快把它弄了出来，我准备再作一次努力。但约瑟夫不高兴了，说他要是早知道晚餐将是一场盲人曲棍球比赛，那还不如在外面随便吃点什么算了。

我筋疲力尽，没力气和他吵架。我一脸严肃地放下刀叉，回到座位上。约瑟夫朝那只倒霉的畜生走过去。他默不作声地专心工作了一阵，接着嘟囔了一句“该死的鸭子”，然后脱掉了外套。

借助于一把凿子，我们终于把那东西分解开了，但它根本就不能吃，我们不得不以蔬菜和苹果馅饼权充晚餐。我尝了一口鸭子，感觉如嚼橡皮。

这样野蛮地对付那只公鸭是桩邪恶的罪过。但在这儿，已经没人遵守传统的乡村习俗了。

我开始写这篇文章时，本来是想谈谈吃喝方面的事，但到目前为止，我似乎把话题完全局限在谈吃上了。好了，大家都心知肚明，喝酒是那种不宜大肆谈论的话题之一。每晚酒醉醺醺地上床被视为男子汉气概的时代，已经一去不返；清醒的头脑和稳然不抖的手，也不再会为它们的主人招致“女人气”的责备。相反，在这世风日下的日子，恶浊的呼吸、长满酒疮的脸、摇摇晃晃的步态，以及沙哑的声音，已经被视为无赖的标志，而不再是绅士的特征。

然而，即使是在今天，男人的好饮仍是件不可思议的事。我们总能找到这样那样的借口喝上一杯。一个男人的面前如果不摆上酒杯就不会感到舒服。我们吃饭前喝，吃饭时喝，吃饭后还喝。我们与朋友见面喝，与朋友分别也喝。我们谈话时喝，读书时喝，思考时同样喝。我们为别人的健康干杯，却损害自己的健康。我们为女王、为军队、为女士们、为其他所有能喝酒的人干杯；而且我相信，如果实在不够数，我们就会为各自的丈母娘干杯。

顺便说一下，我们从不为谁的健康而吃饭，却总为他的健康而喝酒。我们为何不这样说："现在，请大家起立，为某某的成功吃个馅饼？"

老实承认，比起大多数为此而辛苦劳作的男人，喝酒这门日常功课对我来说实在不算什么。我能理解人们借酒浇愁，或是用它赶走疯狂的念头，而且效果颇佳。我能理解无知群氓为何喜欢把自己泡在酒里（噢，的确如此，他们这么干真是骇人听闻）。对我们这些住着舒适的房子、被生活的全部优雅和快乐所环绕的人，那真是不可思议。那些潮湿地窖和四壁漏风的阁楼里的居民，应该爬出他们悲惨的巢穴，走进温暖明亮的酒吧，借着杜松子酒的忘川之水[①]，短暂地逃离他们那个阴暗的世界。

不过，在面对他们的恶劣生活而惊恐地举起你们的双手之前，不妨想想，"生活"对这些不幸的人们到底意味着什么。想象一下他们的牲畜般的穷愁潦倒，想象一下他们年复一年地

① 忘川之水，希腊神话里冥府的一条河，亡灵喝了河中的水就会忘记过去的一切。

在狭窄肮脏的房间里苟延残喘。在那里，他们像下水道里的蛆虫一样挤作一团，翻滚，患病，睡觉。在那里，蓬头垢面的孩子尖叫打闹，邋里邋遢、尖声粗气的女人在打架、咒骂、唠叨。外面的大街上充斥着污言秽语，周围的房子是个喧嚣恶臭的疯人院。

想想这些没有思想和灵魂的人，对他们而言，生命的繁花必是一根枯萎的枝条。马在它的围栏里嗅着甜美的干草，心满意足地咀嚼着成熟的玉米；看门犬在它的狗舍里微闭双目，沐浴和煦的阳光，梦见自己在露水沥沥的田野上欢快地追逐，醒来时以一声喜悦的叫唤向那只爱抚的手表达感激。可是，在那些穷困者的泥土般的生活日志里，却从未出现过一缕阳光。自他们从毫不舒适的床上爬起来的那一刻，到他们重新懒洋洋地回到床上的那段时间为止，他们从未有过一刻真正的生活。消遣、娱乐、关爱，他们一窍不通。快乐、忧虑、欢笑、眼泪、爱情、友谊、企盼和失望，对他们只是有闲阶级的词汇。从他们睁开童稚的双眼，第一次俯瞰他们的肮脏世界，到他们带着诅咒永远闭上双目，尸骨被铲到看不见的地方，他们从未感受过人类同情心的温暖，从未为一点思想而颤抖，也不曾为胸中怀有的一点希望而动身出发。以仁慈上帝的名义，就让他们把疯狂的烈酒灌进自己的喉咙，并在那短暂的一瞬感觉到自己还活着吧！

啊！我们可以随心所欲地谈论情感，但在这个世界上，只有胃才是幸福的真正基础。厨房是我们膜拜的神殿，呼啸的炉火是我们女灶神[1]的圣光，而厨师就是我们首席大祭司。他是一位非凡的魔术师，而且亲切和善。他平息了所有的悲伤和焦虑，他驱散了全部敌意，使一切爱情都幸福喜悦。上帝是伟大的，而厨师乃是传播神谕的先知。让我们吃吧，喝吧，欢乐吧！

---

① 女灶神，即罗马神话中的维斯塔，掌管圣火。维斯塔神庙里的圣火每年3月1日重新点燃一次，并由六名维斯塔圣女日夜看守，使其永不熄灭。

带家具的房间

“嗨，你们有房间出租吗？”

“妈妈！”

“哎，什么事？”

“有位先生要租房子。”

“请他进来，我一会儿就上去。”

“您请进来吧，先生。我妈妈这就上来。”

于是，你进了门。过了一会儿，“妈妈”慢吞吞地上了厨房的楼梯，一边走一边解围裙，还朝楼下的什么人吩咐有关土豆的事情。

“早上好，先生。”“妈妈”说，脸上带着疲倦的微笑，“请从这边上楼。”

“噢，大概用不着上去吧。”你说，“什么样的房间？租金多少？”

“哦，”房东太太说，“如果您能上楼的话，我可以带您看看。”

于是，你嘟囔着表示异议，暗示此后任何对浪费时间的抱怨都罪不在你。你跟着“妈妈”上了楼。

在二层楼梯间里，你撞倒了一只水桶和一把扫帚，于是“妈妈”开始数落起使女的不可靠，并越过栏杆，冲着楼下大喊大叫，喝令莎拉上来，马上把那些东西拿走。你们来到房间外，她停住了，手扶房门，向你解释说，房间这会儿不怎么整洁，因为最后的房客昨天才刚刚离开。她还补充说，那天正好是他们的扫除日——一直这样。弄明白了这些之后，你们进了房间。两个人表情严肃地站在那儿，饱览面前的场景。房间的样子的确不敢恭维，就连“妈妈”的脸上也没流露出任何赞美之色。这个尚未出租的“带家具的房间”，在早晨的阳光里看上去实在不能产生愉快的感觉。里面了无生气。不过，等你搬过来并生活其中，那就完全不是一码事了。到那时，每当你抬眼扫视，你熟悉而古老的家居神[1]就会向你的目光致意，你所有的小摆设散布你的周围——你曾深爱过而后又失去的所有姑娘的照片排放在壁炉架上；半打样子难看的烟斗痛苦地散落在显眼地方；一只男用拖鞋在煤箱底下探头探脑，另外一只则栖息在钢琴顶盖上；名画掩盖着脏兮兮的墙壁，你那些亲爱的老友——你的图书，四散凌乱，丢得到处都是；还有你妈妈珍爱的古老青花瓷器，以及她在遥远的往昔里亲手绣制的屏风，她温和苍老的脸庞，那时候还笑意盈盈，青春焕发；她稀松的白发，那时候还翻滚着金褐色的发卷，从斗型女帽沿底下露出来……

啊，昔日的屏风，在你年轻的日子必定风华绝代。郁金香、玫瑰和百合（全生长在同一枝茎干上）金丝银线的光辉新

① 家居神，指古罗马神话中的家庭守护神拉瑞斯和珀那忒斯。

鲜亮丽！从那时起，已经有许许多多的冬夏来了又走了。我的朋友，你曾伴着舞动的火光戏耍，直到你变得暗淡，变为灰白。现在，你的灿烂颜色正迅速衰退；嫉羡你的蛀虫已经咬断你光洁柔软的丝线，你正渐渐枯萎，像那双已经死去的手（曾经是这双手把你绣成）。你可曾深切缅怀过那些死去的手？你有时看上去那样表情庄严，陷入沉思，使我几乎认为你正在回首往事。来吧，你，我，还有那微暗的炉火，让我们一起说说话吧。用你无声的语言告诉我，那些青春岁月你还记得什么。当你躺在我年轻妈妈的膝头，她少女的手指伴你五彩缤纷的发丝嬉戏，可曾有过一位少年在她身旁，抓住那双纤手中的一只，固执地握着它，用亲吻使它窒息，以致遗憾地妨碍了刺绣的进程？你脆弱的身体，是不是常被这个笨拙任性的少年置于险地？他粗暴地将你抛掷一旁，他对只能握住一只手深为不满，而要把两只手都紧紧抓住，再仰面凝视爱意盈盈的双眸。此刻，我能透过摇曳炉火的微光看见那个忧郁少年。他是个内心炽热、眼睛明亮的男孩，穿着紧绷绷、花里胡哨的鞋子和紧身裤，雪白的衬衫镶边和衬领，还有——啊！那一头鬈曲秀发。一个浑身野气、无忧无虑的男孩！他会是那位身材高大、肃穆庄重的绅士吗？我总是跨腿骑在他的手杖上。我常常怀着孩子气的敬畏，凝视这位饱经忧患的男人那张沉思的脸庞，我还常叫他“爸爸”。难道他就是那个人么？昔日的屏风啊，你回答我说：“就是他。”你是否真有十足的把握？要知道你提起的可是个严肃的指控。这可能吗？他真的曾穿着神奇的紧身裤，跪下来，把你拾起重新放好，才得到了原谅，他的鬈毛脑袋才被我妈妈的小手轻轻抚平？啊，昔日的屏风啊！少男少女五十年前谈情说爱的方式，难道与现在完全一样么？难道男人女人从无改变？少女的芳心，在珍珠绣花胸衣里和在母亲宽大长衣的下面，难道是同样地搏动么？钢盔与烟囱礼帽对于在它们下面运转的头脑，是否真的并无不同？啊，时间！伟大的克洛诺斯[①]！难道这就是你的力量吗？你不是曾使大海干涸、高山夷平吗？却留下了渺小的人类心弦与你作对。啊，对了！人类的心弦是由一位比你更强大的神祇所织成的。它们伸出了你狭窄的视野，末端紧拴着永恒。啊，你可以刈除绿叶繁花，但生命之根却扎得太深，使你的镰刀[②]无法割断。你也能够为自然重披新装，却不能使她脉搏的跳动改变分毫。整个世界遵从你的律令而循环运转，但人类的心灵却不属于你的王国，在它的诞生之地，“千年犹如昨天”[③]。

无论如何，恐怕我已经离开了我的“带家具的房间”，渐行渐远，几乎找不到回去的路。但我这一回跑题，还是有些理由的，是一件旧家具使我误入歧途。不知何故，我的奇思异想只围绕着旧家具，就像苔藓围绕着古老的石头。一个人使用的桌椅差不多可以成为他生命的一部分，从而被他视为安静的友

---

① 克洛诺斯，希腊神话中宙斯的父亲，具有毁灭其创造的一切的力量。
② 在西方传说中，时间之父是个手持镰刀和沙漏的秃顶老人。
③ 引文出自英国诗人威廉·华兹华斯（1770—1850）的诗歌《致我的幼女朵拉》。

人。一旦他们不再保持沉默，这些木头木脑的老家伙就会讲出怎样奇妙的故事啊！没有他们的证词，生活的悲喜剧就难以取信于人！那个旧沙发床垫，曾浸透过怎样苦涩的泪水！那张靠背椅，必定偷听过多么热情的耳语！

与旧家具相比，新家具对我毫无魅力可言。我们热爱的是旧东西——旧面孔、旧书籍、旧笑话。新家具能造就一座宫殿，但只有旧家具才能造就一个家。不仅仅是家具本身的陈旧——寄宿公寓的家具通常都很陈旧，而是这种陈旧必须与我们有关，必须陈旧在我们的联想和回忆之中。公寓所配备的家具，无论它们实际上如何古旧，在我们眼里也还是新的，在我们的感觉里，似乎总不能和它们和谐地生活在一起。同样，如果面对的全都是新相识，无论是木制家具还是人（这两类东西某些时候区别甚小），每样东西总是以其最坏的一面给你留下印象。安乐椅那疙疙瘩瘩的木工手艺和闪亮的马鬃垫子意味着任何可能的事情，除了安乐。镜子烟雾模糊。窗帘很久未洗。地毯早已磨损。桌子看上去似乎随便放点什么东西就会立刻散架。壁炉死气沉沉。墙纸丑陋不堪。天花板的样子看起来就像被泼上了咖啡。至于壁炉装饰——好家伙，它们比墙纸更糟糕。

肯定有一些专门生产公寓壁炉装饰的地下窝点。英国各地的每一家公寓里，你都能找到与此一模一样的产品，其他任何地方从未看到过。有两件东西——你管它们叫什么来着？分别摆在壁炉架的两端，在那里，它们绝无安全可言。上面各挂着一长串三角玻璃片，互相撞击，叮叮当当，弄得你神经很是紧张。在普通级别的房间里，还有一对瓷器为这些艺术品锦上添花。可能分别想表现一头坐在后腿上的母牛，或是以弗所的狄安娜神庙[①]的模型，或是一条狗，或者是你能想象出的任何东西。在房间的某个地方，你偶然遇到一个怒气冲冲的不明物体。起初你以为那是哪个孩子随手丢下的一块生面团，仔细一看，才发现似乎是一个半生不熟的丘比特。房东太太把这玩意儿称为雕像。此外，还有一件“绣样”，是这个家族某位傻瓜亲戚的大作；一幅“胡格诺教徒”[②]的画像，两三册福音书经文，以及一份外框漂亮、光洁如镜的证书，其作用是证明这家的父亲接种过牛痘，或者证明他是一个共济会会员[③]，或者诸如此类吧。

你检视完这些五花八门、引人入胜的玩意儿，接着闷声闷气地打听房子的租金是多少。

“这是个不小的数目啊。”听房东太太报出价码，你说。

“好吧，实话跟您说，”房东太太出人意料地坦言相告，“我一直是要……”（她提出一个比方才更高的数目），“而在那以前我通常是要……”（一个更高的数额）。

二十年前公寓房的租金肯定叫人想起来就心惊肉跳。每一位房东太太都会告诉你，只要主要农作物涨价，她通常会得到

① 以弗所，位于小亚细亚（今土耳其西部）的希腊古城。那里的阿耳忒弥斯（罗马时期称为狄安娜）神庙为世界七大奇迹之一。

② 胡格诺教徒，16 至 17 世纪法国新教徒。

③ 共济会，18 世纪在英国建立的秘密宗教组织。

两倍于你所付的租金，这让你彻底地自惭形秽。比起现在，我们的上一代的年轻房客想必算得上是富裕阶级，要不，他们肯定会倾家荡产。我要是生活在那个年代，恐怕只能住阁楼了。

真奇怪，在寄宿公寓里，生活的规则是颠倒的。你在现实世界中爬得越高，你租的房间就降得越低。在寄宿公寓的阶梯上，穷人在上，富人在下。你从阁楼起步，拼命往一楼奋斗。

很多伟人都住过阁楼，有一些家伙干脆就死在那里。词典上说，阁楼是“储藏废物的地方”，所以这个世界用它们来储存大量的无用之物，古往今来，莫不如此。此类废物有：煽动家、画家和诗人；还有善于玩深沉的家伙，他们能揭示事物的真相；以及那些目光炯炯的家伙，他们能说出无人想听的真理。正是这些废物被世界深藏于它的阁楼之上。海顿在阁楼里长大成人，而查特顿饿死在那里。阿迪生和戈德史密斯在阁楼里写作。法拉第和德·昆西对阁楼也非常熟悉。约翰逊博士在阁楼愉快地安营扎寨，睡眠良好——有时候未免好过了头，睡在他的活动床上，活像个坚强的老雇佣兵，习惯了艰难困苦，对自己毫不在乎。狄更斯在阁楼里耗尽了他的青春年华，摩兰德则在那里度过晚年——唉！那是个酒醉醺醺的、来得太早的晚年。在阁楼倾斜的屋顶下，童话之王汉斯·安徒生做过他的奇幻美梦。穷困潦倒、率性天真的柯林斯曾经把头歪倒在阁楼里摇摇晃晃的桌子上。自负的本杰明·富兰克林；固执而混乱的萨维奇，在他能租得起比台阶稍稍温软些的床时，就会光顾阁楼。年轻的布卢姆菲尔德、“鲍比”彭斯、贺加斯、工程师瓦特……这份名单难以穷尽①。打从人类住宅高过两层以来，阁楼就成了天才的婴儿室。

凡是尊崇精神贵族的人，绝不会因为和阁楼厮混得很熟而感到羞惭。阁楼污迹斑驳的墙壁，因能引起对高贵名字的回忆，反而显得神圣。如果将世界的一切智慧和所有艺术（全都是从大自然中赢来的战利品，全都是从天堂里攫取的圣火）都聚拢分堆，然后，我们一边指点一边评说：瞧，这些伟大的真理，是在显赫的沙龙里，在欢声笑语的涟漪上，在明眸皓齿的火花中，迸发出来的。而这种高深的学问，是在安静的书斋里发现的，在那儿，雅典娜的胸像安详地俯视着散发着羊皮气息的书架；这一堆属于人声鼎沸的大街；那一堆来自开满雏菊的原野。而耸然独立的那一堆，高出其他一切之上，犹如大山高过丘陵，我们将仰望着它说：这是全部财富中最高贵的

① 此处提到的“阁楼名人”有：
海顿（1732—1809），奥地利作曲家，古典音乐大师。
查特顿（1752—1770），英国诗人，因穷困潦倒于18岁自杀，其作品及生平影响了浪漫主义诗人。
阿迪生（1672—1719），英国作家、诗人。
戈德史密斯（1730—1774），爱尔兰诗人、剧作家、小说家。
法拉第（1791—1867）英国物理学、化学家，发现了电磁感应。
德·昆西（1785—1859），英国散文家和批评家。
约翰逊（1709—1784），英国作家，辞书编纂者。
狄更斯（1812—1870），英国作家，维多利亚时代最有影响的作家之一。
摩兰德（1763—1804），英国画家。
安徒生（1805—1875），丹麦童话作家。
柯林斯（1824—1889），英国作家，以其开创性的侦探小说著名。
本杰明·富兰克林（1706—1790），美国思想家，政治家，科学家，作家。
萨维奇（1697?—1743），英国诗人。
布卢姆菲尔德（1766—1823），英国诗人，制鞋者，后来半盲乃至疯癫。
彭斯（1759—1796），苏格兰诗人。
贺加斯（1697—1764），英国画家。
瓦特（1736—1819），苏格兰工程师，蒸汽机的发明者。

一堆——这些绚丽的图画，这些奇妙的音乐，这些洪亮的诗句，这些庄严的思想，这些勇敢的行动，它们，是在肮脏卑污的城市阁楼里，在愁惨困苦中，得以熔铸锻炼、打造成形。在那里，人中之王从他们的鹰巢里，俯瞰世界在他们脚下起伏悸动，放飞他们的思想之鹰，让它们的翅膀飞越几个世纪。在那里，阳光涌进破败的窗棂，落在朽坏的木板和破碎的墙壁上。在那里，衣衫褴褛的宙斯们从他们巍峨的宝座上投射出他们的霹雳，摇撼着地球的基座。

啊，世界，将他们塞进你的废物储藏室吧！将他们牢牢地关在里面，为他们加上贫困的锁，焊上密密的栅栏，让他们在狭窄的樊笼里空耗他们英雄的生命吧。丢下他们在里面饥饿、憔悴、死亡。嘲笑他们双手疯狂地敲击着牢门。带着你的烟尘和喧嚣，滚滚前行，从他们身边擦肩而过，忘掉他们。

但是要当心，要防止他们转身刺伤你。并非所有生命都像神话中的凤凰，在痛苦中低吟浅唱甜美的谣曲；有时他们也会喷射毒气——无论你是否愿意，你都必须呼吸这毒气，因为尽管你能束缚他们的手脚，却无法封住他们的嘴。你能将他们锁在屋里，但他们会冲开摇摇晃晃的栅栏，让他们的呐喊越过屋顶，使人们不能不听见这呐喊。你们把狂热的卢梭逐入圣・雅克街最简陋的阁楼，并嘲笑他的愤怒尖叫。然而就是这尖细微弱的声音，在一百年之后膨胀为法国大革命的沉沉怒吼，到那一天，文明社会就会为这声音的巨大回响而震颤。

至于我自己，无论如何，我还是喜欢阁楼。倒不是喜欢住在里面：作为居住场所，它们有诸多不便。上上下下要经过太多的楼梯，这无法让我喜欢，它就像无休无止地踩踏车那样，叫人心情郁闷。天花板的形状，为你撞破脑袋提供的方便甚多，为你修刮胡须提供的便利甚少。寂静的夜晚，聆听公猫在外面的屋瓦上为爱情高唱，虽说余音绕梁，风味实在不佳。

不，如果仅仅是为了居住，最好还是在皮卡德利大厦的一层给我一套房间（我希望有人乐意成全）；但要是为了能在里边思考，就让我在城里最拥挤的街区、楼层在十层以上的地方拥有一间阁楼吧。我对阁楼怀有和托夫兹德吕克教授[1]一样的好感，那种地方有一种高高在上的庄严感。我喜欢“悠闲地坐着，俯瞰楼下成群的黄蜂”，喜欢聆听楼下狭窄的街巷里人潮涨退时的低沉呢喃。人看上去多么渺小，多么像一群在无休无止的纷乱中、在它们小小的蚁丘上汗流浃背的蚂蚁！他们匆忙混乱地不停劳作，看上去多么微不足道！他们你推我搡，互相吼叫，彼此抓挠，又多么幼稚！他们叽叽喳喳，尖声喊叫，骂骂咧咧，但他们微弱的声音传不到这里。他们烦恼，焦虑，愤怒，气喘，死亡，“而我，少年维特，则安坐在这一切之上，独自与星星为伴”。[2]

许多年前，我曾经很偶然地和一位朋友分享过一间最为特别的阁楼。在所有设计得稀奇古怪的东西中，从《布兰德萧火

① 托夫兹德吕克教授，英国作家卡莱尔的讽刺作品《裁缝的哲学》中的古怪哲学家。
② 这段引文出自《裁缝的哲学》第三章。

车时刻表》到汉普敦迷宫[1]，就要数那间阁楼最为古怪。设计它的建筑师无疑是个天才，可我不得不想：他的才能如果用来设计谜语，肯定比用于设计人类的住所要好得多。欧几里得几何根本无法解释那间公寓，它有七个墙角，两面墙壁斜向一点，窗户正好开在壁炉上方。唯一能摆放床架的位置在房门和碗橱之间，我们想从碗橱里取任何东西，都只有从床上爬过去，结果不说你也知道，我们这样拿到的五花八门的食品，有相当一部分最后都被床单吸收了。说老实话，那么多东西泼撒到床上，倒是颇有利于床铺在夜间变成杂货铺。煤一直是这家铺子里最常备的货物。我们习惯将煤存放在碗橱底下，任何时候需要，就爬过床，装上一铲，再爬回来。当我们爬到床中间时，那可真是个激动人心的时刻，我们屏住呼吸，紧盯煤铲，力保平衡，准备做最后的移动。接下来的一刹那，我们，煤块，煤铲，还有床铺，全都滚作一堆。

我曾听说人们发现了煤层会兴高采烈。不是吹牛，那时候我们每天夜里都睡在一个煤层上，却一点也激动不起来。

然而，我们的阁楼尽管独一无二，却绝没有穷尽建筑师的幽默感。整个屋子布局就是一个独出心裁的奇迹。所有的门都朝外开，这样一来，倘若有谁想离开房间，而你恰好在同一时间下楼，其情形恐怕就不能令你愉快。那屋子没有一楼——它

① 《布兰德萧火车时刻表》：英国的第一本火车时刻表，由乔治·布兰德萧于 1841 年出版。汉普敦迷宫：英王威廉三世时期建造的迷宫，位于泰晤士河左岸的汉普敦皇宫，被认为是英国建筑的典范。

的一楼属于相邻院子里的一座房子，它的前门直接开在一段下通地窖的楼梯上。来访者一走进屋子，就会突然从为他开门的家伙身边摔出去，消失在这些楼梯下。那些神经过敏的客人常常设想，这是专为他们设下的圈套，于是乎，当他们四仰八叉地躺在楼梯底下的时候，就大喊“杀人啦”，直到有人过来将他们扶起。

我最后一次看见阁楼的内部，距离现在已经很多年。之后我尝试着住过不同的楼层，但我并没有发现它们对我来说有多大区别。生活的味道大同小异，无论我们是从高脚金杯中畅饮它，还是从粗糙的石杯里啜饮它。时间为它斟满的，总是混合着同样多的欢乐和悲伤，无论我们在什么地方等待它。对于一颗疼痛的心，马甲是用细平纹布做的，还是用粗斜纹布做的，亦并无不同。我们在天鹅绒沙发上的笑声，并不见得比在木椅里的笑声更多快乐。我常在低矮的房间里唉声叹气，一旦离去，我的失望却既不会更少，也不会更轻。生活遵照补偿原则运行，我们在一方面有所得，在另一方面，就必有所失。我们的欲望随着收入的增加而增加，而我们，总是站在两者之间。蜗居阁楼的时候，我们以油炸鱼和烈性啤酒来享受晚餐的乐趣，当我们住在二楼，要想得到同样的满足，就要到大陆饭店来一份精心烹制的晚餐。

衣冠楚楚

他们说（这些人应当对自己的行为感到羞耻），穿着得体的观念所带给人类心灵的福祉，是宗教也难以做到的。我恐怕只能承认，这些愤世嫉俗者的说法有时也不无道理。我知道，在我很年轻的时候（就像故事书上说的，很久很久以前），如果想要让自己振奋一把，惯常的做法是，去把自己最好的衣服全穿到身上。要是我被什么事情惹得不高兴——譬如我请的洗衣工炒了我的鱿鱼；或是我的无韵诗被第十次退稿，还假惺惺地附上编辑的恭维："版面所限，大作恕不采用，甚憾。"云云；或者，我被自己所爱的姑娘拒绝——要知道，我可是装作从未谈过恋爱的样子去爱她的——顺便说一句，恋爱招式真是五花八门、层出不穷，但有一招却是万变不离其宗，那就是，我们每回恋爱全都装得好像从未干过此类勾当一样。我不知道我们的曾孙一代将如何对付这些事情，假如他们坚持不和前人的方法相悖，也只好根据他们的时代，利用他们的头脑，相机行事。

好啦，方才说到，每当此类令人不快的事情发生，并且觉得自己就要垮掉的时候，我就穿上所有最好的衣服，然后出门。这样可以让我找回失去的自尊。崭新的帽子，笔直的裤线（我常把裤子放在床底下，以便小心地保持裤线——我不是说放在地板上，这你知道，是放在床垫和铺板之间），我就觉得自己是个人物了。还有别的洗衣工嘛。呵呵，也还有别的好女孩嘛。她们多半会欣赏一个聪明英俊的年轻伙计。我什么都不在乎，我的行事方式是不计较后果。我决心向别的女孩求爱，有了这身行头，我就满有把握这么干。

衣着在求爱时起的作用很是惊人，一身好行头意味着成功了一半。不管怎么说吧，年轻小伙子就是这么想的。为了约会，他们通常花上几个小时来收拾自己，头半个小时决定是穿浅色套装拿手杖戴褐色小礼帽，还是穿黑燕尾服戴大礼帽拿新雨伞。事实上，无论他选择何种装束，结果都一样，准会倒霉。如果穿浅色套装拿手杖，就会赶上下雨，泥水淋漓地回到家，整个晚上都在想方设法把靴子藏起来；如果他选择的是大礼帽和雨伞——就是做梦也没有谁会想到出门只戴大礼帽而不带雨伞，那就像让婴儿（祝福小家伙）离开保姆而独自蹒跚。要知道我多么憎恨大礼帽！曾有一顶这样的帽子跟随我多年，不瞒您说，任何需要戴帽子的时候我只戴它——好家伙，其实也不用担心，它够经久耐用的了。那还是五年前人家送给我的，去年夏天就颇嫌过时，可今年忽然又流行起来了，这使我看上去还颇为时髦呢。

还是回到我们那位青年和他的求爱上吧！如果他戴着大礼帽夹着雨伞动身出发，当天下午准会热得要命，胡子上的定型蜡全都被汗水泡了出来，脑门上整齐漂亮的发卷也被弄成了软塌塌的细绺，活像一团海藻。命运女神从不偏袒倒霉的可怜虫。如果他运气不错，还能模样周全地出现在女友家的门口，她必定又和表妹出门去了，并且，天黑之前不会回来。

一个被笨拙的摩登装束搞得狼狈不堪的年轻恋人，多么羡慕七十年前那些衣冠楚楚的求婚者！瞧他们的样子（在圣诞贺卡上），鬈曲的头发，整洁的帽子，匀称的双腿（裹在紧身裤里），小巧玲珑的粗麻布长筒靴，褶边装饰，手杖以及挂在腰间的小图章。难怪那些头戴宽边女帽，系着浅蓝色腰带的小女孩会低眉顺眼，束手就擒。男人赢取少女的芳心，靠的就是一身好行头！凭着松松垮垮的长裤和紧身短外套，你还能指望得到什么？

衣着对于我们的影响大大超乎我们的想象。我们的表现如何，取决于我们穿得怎样。让一个男人陷身于一堆破衣烂衫之中，他就会东躲西藏，抬不起头来，就像让一个人上街兜售他自己的晚餐啤酒。但是，给同一个家伙裹上华贵气派、质地考究的衣服，他就会昂首挺胸地逡巡于通衢大道，晃悠着手杖，朝姑娘们打量，像矮脚公鸡一样充满自信。

衣服改变我们真实的本性。一个男人头戴插着羽毛的烟囱帽，腰里别着把短剑，衣袖上缀满零零碎碎的饰物，他就非变得英勇好斗不可。反之，他要是穿得松松垮垮，就会躲到电线杆子后面，去叫警察。

在细平棉布、斜纹花呢、丝绸和天鹅绒下面，你会发现纯正的优点，忠诚的品德，深深的爱情，以及所有诸如此类的美德，像“牛肉烧烤暨李子布丁学院”里所要求的一样多（没准还会多些）。然而那种行侠仗义的骑士精神，那种“为女人的爱情而决斗”、“为博千金一笑而战斗”的骑士精神，则需要钢刃的撞击声和羽毛的沙沙声，才能将它唤醒，它被埋葬在落满灰尘的挂毯折痕和朽败史书的发霉书页之间的坟墓里。本人对上述说法深表赞同。

我想，这个世界准是正在渐渐老去，它的衣着如今是这样朴素无华，我们已经度过了人类的婴儿时期，那时，我们习惯只穿一件宽大的长袍到处乱跑，还喜欢光着脚丫子。以后到了粗鄙野蛮的时代，那是我们人类的童年，我们不在乎穿什么，却把遍体的文身当作美观，我们也从不理发。再以后，世界长成了一个年轻小伙子，变得华而不实，他用流畅的鬈发和猩红的紧身衣打扮自己，向女人大献殷勤，吹牛皮，说大话——这一切全是为了扮酷。

不过，青年时代欢乐而愚蠢的时光全都消逝了，我们已经变得很冷静，很庄重——有人说，也很麻木。现在的世界是位端庄肃穆的中年绅士，看到自己稍嫌鲜艳的衣服也会心惊肉跳。他们穿黑衣、黑裤、黑帽，还有黑靴。真是见鬼，俨然是一位令人肃然起敬的正人君子。谁会想到，他当年曾东游西荡，像个游吟诗人或江湖侠客！谁会想到，他当年曾奇装异服，花里胡哨！噢，是的，如今这年头，我们已经越来越明智。

至少，我们自认为是更明智了。而按照如今一般意义上的共识，明智理性和呆板无趣正是密不可分也。

另一种总是和黑颜色相伴相随的品质就是善良。你也许已经注意到：真正的好好先生都是穿黑颜色的衣服，连手套和领带都是黑的，也许过不了多久，他们没准会穿上黑颜色的衬衫。中等好人则在周末穿上浅颜色的裤子放纵一把，其中有些人甚至敢穿花里胡哨的马甲。另一些对未来前途毫不在乎的家伙，则穿着浅色套装招摇过市，臭名昭著的无耻之徒甚至敢戴白色的帽子。无论如何，上流社会总归是不屑于谈论这样的家伙，也许，我在这里也不应该提到他们。

顺便说一句，提起浅色的衣服，你是否注意到，当你第一次穿着浅色新套装出门的时候，他们是怎样盯着你看？第二次，人们也就不是十分关注此事了，等你第三回穿着它招摇过市，全伦敦的人都习以为常啦。我说“你”，是因为我讲的并不是自己的经历，我压根就不穿这种东西。我说过，只有罪孽深重的家伙才这么干。

然而我还是希望事情并非如此，一个人不必打扮成小丑也能行为正派，受人尊敬，富于理性。有时候，我朝镜子里打量着自己那两条拖拖沓沓、圆柱状的袋子（尤其可笑的是，膝盖那儿还崎岖不平），还有竖起来的衣领，加上那顶圆顶毡帽，鬼才知道我有什么权利到大街上乱跑，让上帝的世界面目可憎。接着，一种疯狂而邪恶的念头进入我的内心，我并不想做个好好先生或者受人尊敬（人家说我从不会有理智，所以这也没什么关系）。我想穿上淡紫色的紧身衣，配上红色天鹅绒马裤，一件绿色马甲镶有黄颜色的斜杠；我想肩披一件浅蓝色的丝质斗篷，一支黑色鹰翎在帽子上随风摇摆，再加上一柄利剑，一只猎鹰，一杆长矛，以及一匹烈马。这样，我就可以去招摇四方，使众人的眼睛为之一亮。为什么我们全都想方设法使自己看上去就像在土堆上爬行的蚂蚁呢？为什么我们不能穿得稍稍花哨一点呢？我敢保证，这么做会使我们更快乐。不错，这不过是小事一桩，但我们也不过是小小的一族，而且，装神弄鬼呆板无趣又有什么用处呢？让哲学家把自己弄得像一群老乌鸦吧，如果他自己喜欢的话。而我，情愿做一只花蝴蝶。

不管怎么说，女人就应该穿得漂漂亮亮，这是她们的义务。她们是地球上的花朵，生来就该绚丽多彩。我们男人对她们的无端指责实在太多，善良的人应该知道，没有她们漂亮的衣服和同样漂亮的脸蛋，这老态龙钟的世界就未免太过沉闷。她们走到哪里，哪里就有光明！她们（当然是我们的亲眷）的到来，给我们暗无天日的单身汉房间带来了怎样一场阳光的风暴！她们的缎带和花边、手套和帽子，还有阳伞和披肩，制造了怎样一阵快乐的混乱！就像东游西荡的彩虹，对我们进行了一次突如其来的造访！

我们那些娇小可爱的少女，身穿色彩鲜艳的衣服出行，在我的印象里，那是夏日里最迷人的景致。我喜欢看着那些粉红、天蓝和雪白掩映于林间，点缀在绿野，反射出阳光。远远地，你能看到那明亮欢快的色彩。此刻，我的窗前就有四个白色衣裙朝一个小山丘上攀登，虽然她们远在三英里之外，我也能清楚地看见她们，起初我还开玩笑地认为她们是路标呢。老远就能看见这些漂亮的可人儿，真是妙趣无穷！尤其，如果她们刚巧是你的妻子和丈母娘，那就更加妙不可言了。

说到田野和路标，倒是提醒了我，我打算在此说几句关于女人靴子方面的正经话。英伦三岛的女士们穿的靴子，对她们来说全都太大。她们从未弄到过一双合脚的靴子，英格兰的鞋匠做不出尺寸足够小巧的靴子。

我一次次看见女人坐在阶梯顶级的扶手上，声称她们连一步也挪不动了，因为她们的靴子磨伤了她们的脚，而且抱怨的原因千篇一律：太大。

到了改变这种状况的时候了，本人以全英格兰的丈夫和父亲的名义，号召靴匠们来一场革新运动。我们的妻子女儿，我们的表姐表妹，都不该对自己被弄得一瘸一拐、饱受折磨而无动于衷，商店为什么不能多储备一些“窄型二号”的女靴呢？我发现大多数女人都要这个型号。

女性服饰中还有一样东西也总是太大，那就是束腰，裁缝们把这些东西做得太过宽松，带钩和扣眼常常脱开，还伴有一声雷鸣般的爆裂声。

至于女人为什么要忍受这些错误，为什么不坚持让自己的衣服更合体些，我就不得而知了。要说她们是不愿为穿着打扮之类的琐事而自寻烦恼，几乎不大可能，因为穿着打扮正是她们用心之所在，是她们全都感兴趣的唯一话题，她们一天到晚就谈论这个。你如果看见两个女人在一起，就可以掏空你兜里的钞票来打赌：她们不是在谈论自己的衣服，就是在谈论朋友的衣服。你注意到几个女孩在窗边窃窃私语，想要知道从她们圣洁的唇齿间会掉落哪些甜美有益的辞藻，于是你凑上前去，这样，你就会听见其中的一个说道：

“我把腰带改紧了，去掉一个接缝，现在它非常合身。”

“对了，”另一个说，“我要穿上那件深紫色的胸衣，再戴上黄色的胸饰，到琼斯商店去。帕迪克商店有一种非常漂亮的手套，才一先令十一便士。”

有一回，我和几位女士驱车经过德比郡的一个地方，那是个风景秀美的乡村。女士们兴致很高，一路上都在谈论她们的裁缝。

“多美丽的风景，那儿，”我不时地用雨伞指点着周围的美景说，“看那青葱的远山！白嘴鸟在树林里筑巢，那是察兹沃斯[①]。瞧那边……”

“是啊，真的很漂亮！”一位女士会说，“噢，为什么不去买一码薄绸呢？”

“什么，就让衬裙那个样子吗？”

“那当然。你管这地方叫什么来着？”

我想把她们的注意力吸引到不断扑入眼帘的清新美景上。可她们朝四周匆匆一瞥，说声“很迷人”，“真漂亮”，马上又兴致勃勃地欣赏起彼此的手帕来，接着又为细麻纱荷叶边的衰

---

① 察兹沃斯庄园，英国德文郡公爵的府邸，始建于16世纪，是英国颇负盛名的一处私家园林，藏有荷尔拜恩、提香等人的绘画名作。

落而相互叹惋。

我相信，要是有两个女人流落到一座荒岛上，她们准会一天到晚争论用海贝和鸟蛋做滚边的各自优点，并且，每个月都会创造出无花果叶的新款时装。

在衣着方面，年轻小伙子也常常颇费思量，只是他们彼此之间从不谈论。男人谈论穿着打扮总不会得到太多的鼓励。纨绔之辈在同伴中不受欢迎，事实上，他们从同伴那儿得到的责骂比应该得到的要多得多。他的这一爱好不过是个无害的缺点，并且，很快就会被克服。话说回来，一个男人如果在二十岁时没有一点纨绔习气，那么等他到了四十岁，准会边幅不修，衣领不洁，外套不整。年轻人稍事浮华是件好事，亦是人情所不免。我喜欢看到一只小公鸡羽毛修整，引颈啼鸣，好像整个世界都是它的。我不喜欢温良恭俭让的家伙，说老实话，谁都不会喜欢这种人，真的不喜欢，不管人们如何奢谈谦卑的价值，就像他们谈论另外那些他们并不懂得的东西。

在这个世界上，举止谦恭是个大错误，尤莱尔·希普的父亲[①]对人性判断想必很差劲，否则他不会告诉儿子：人人喜欢谦卑（他自己就是这样行事的）。通常说来，没有比这些家伙更恼人的东西了。生活中一多半乐趣就是吵架，但你与一个谦卑温顺的家伙怎么也吵不起来。他们将我们的愤怒化解于无形，这正是我们不愿看到的。我们想让怒气喷发而出。我们竭

① 狄更斯的小说《远大前程》中的人物。

力使自己达到怒不可遏的状态，而当我们正准备充分享受大吵一架的乐趣时，他们却用令人恼怒的谦卑使我们的全部计划化为泡影。

和那个温文尔雅、令人恼火的苏格拉底拴在一起，珊蒂佩[①]的生活无疑是一场漫长的苦难。试想，一个已婚女人命中注定要日复一日地和丈夫一起生活，却没能和他吵上一架，这是一种怎样难熬的日子啊！要知道，作为一个男人，就有责任用吵架这类事情让妻子开心。

天知道她们的生活有多么无趣，可怜的姑娘们！我们男人的娱乐，她们一样都没有。她们不参加政治会议；她们甚至不属于地方业余国会；她们被排斥在大都会列车的吸烟车厢之外；她们也从未见过滑稽小报——即使见过，她们也不知道那是滑稽，因为没人告诉她们。

考虑到妇女生活是如此沉闷空虚，我们实在应当时常为她们提供一点小打小闹，作为她们的娱乐消遣，哪怕我们自己很不情愿。世事洞明的家伙会这么做的，并因此被女人所爱，因为像这样的小小善举会径直进入女人的心房。正是这种自我牺牲的爱情见证，使她告诉女友：他是位多好的丈夫——当然是在他辞世之后。

是的，可怜的珊蒂佩想必度日如年。水桶那一幕[②]尤其叫

① 珊蒂佩，古希腊哲学家苏格拉底的妻子，著名的泼妇。

② 苏格拉底的妻子一次对他大发雷霆，把一桶脏水泼在他的头上，然而苏格拉底只是平静地说："唉，我们在打过雷以后总是盼着下雨。"

人齿冷。可怜的女人！她满以为自己的做法会激怒丈夫，哪怕激怒一丁点也好。她劳心费力地在桶里装满了水，再说为了弄到特别脏的水，她没准要走上很长的路。她等待丈夫发火，可丈夫竟然那样对待她！事后，她多半会坐下来，痛哭一场。这可怜的孩子肯定是彻底绝望了，而且据我所知，她也没有母亲来听她把丈夫臭骂一顿。

她的丈夫是位伟大的哲学家，这对她又有何用？在婚姻生活中，伟大的哲学家一文不值。

从前，有个非常不错的小男孩，想到大海上去。船长问他会干什么，男孩说他会倒背乘法表，会把海藻粘在书里，他知道《圣经·旧约》中“begat”这个词出现过多少次，他还会背诵“男孩站在燃烧的甲板上”[①]和华兹华斯的诗《我们是七个》。

“很好——简直好极了。”船长说，“可是，你会搬煤吗？”

在你打算结婚的时候也是如此，不需要伟大的才能，因为它几乎派不上用场。在婚姻生活中，智力的价值要大打折扣。这玩意儿根本没有市场，就连欣赏也休想得到。我们的妻子根据她们自己的标准给我们打分，出色的智力不会得到加分。亲爱的读者，在你们的太太和情人那儿，你们的聪明才智不会留下任何印象，半点也留不下。给她个男人，他能够干净利落地完成任务，并且不打算对此作出自己的判断，也不说诸如此类该死的废话；给她个男人，可以信赖他能把孩子高高举起，以

① 这句诗出自英国诗人赫尔曼斯夫人（1793—1835）的名篇《卡萨比安卡》的第一行。

及，在晚餐上无论何时吃到半生不熟的羊肉也不会有任何怨言，这就够了。明智的女人喜欢的就是这样的丈夫，而不是你们这帮讨厌的科学家和文学家。你们这些家伙，先是惹恼满屋子的人，再用你们的愚蠢将人家的怒火一一扑灭。

记忆

我记得，我记得，
在寒冷的十一月，
黑鹂鸟在那……

接下来的我忘了，那是我平生所学第一首诗歌的开头几句。至于：

嗨，摇呀摇，
提琴与小猫，

对这首歌谣我没什么印象，因为它琐屑轻佻，缺少纯正的诗歌品格。我曾因背诵“我记得，我记得”得到过四个便士。我之所以敢肯定是四个便士，是因为他们当时曾对我说，如果我留着它们，等我再得到两个便士，我就有六便士[①]了。这个意见虽说无可辩驳，却没有使我动心，在我的印象里，第二天上午我就把它给花掉了，只不过到底是怎么花掉的，却一点也不记得了。

① 英语中，六便士（sixpence）还有“微不足道”的意思，作者在本书中多次用到了这一双关。

记忆就是这样。它带给我们的东西，没一样是完整的。它是个任性的孩子，它所有的玩具都是残破的。我记得很小的时候曾掉到一个大垃圾桶里，却记不清后来是怎样出来的。如果我们坚信记忆就是一切，那我就只好强迫自己相信：我至今还待在那个鬼地方。

还有一次（那是几年之后了），我正陷身于一次非常有趣的恋爱场景，但此刻我能够从头脑中唯一唤醒的清晰记忆就是，在最为紧要的关头，有人突然打开了房门，说：“爱米丽，有人找。”那阴沉的语气，给人的印象就像是警察正要来抓她。她对我说的所有甜言蜜语，以及我对她说的所有花言巧语，早被我忘得一干二净。

总而言之，当我们回首往事，生活只是一片崩塌的废墟：这儿一根残损的廊柱，那边矗立着厚重的门垣；一扇破败的窗框，让人依稀辨识出昔日恋人的闺房；一堆烧黑的石块，残留着曾经烈焰腾腾的袅袅余温；还有那一处处青苔，斑斑驳驳；一丛丛常春藤，绿意缠绕。

透过时间的轻柔薄雾，世间万物都隐现出令人愉悦的色彩。就连逝去的悲伤也显得甜美。如今看来，我们的顽童时代十分快乐，充满好奇、嬉戏，以及一些华而不实的东西。呵斥，牙疼，以及拉丁文动词之类，则全都被我们忘得一干二净——尤其是拉丁文动词。于是，我们便以为少年时的自己，必定快乐无忧，惹人喜爱。我们甚至希望自己能够再恋爱一次。至于当年她曾说只能做我们的妹妹，除此之外不做他想

（那意思倒像是说男人的妹妹不怕多），我们心头的悲痛，那些失眠的夜晚，以及我们干热的喉咙啊！这一切，我们都不复记起。

是的，当我们蓦然回首，一切都是光明，没有黑暗。阳光不会给往事投下阴影。我们走过的路在我们身后显得十分平坦，我们看不见那些尖利的石头。我们只在路旁的玫瑰花丛里徜徉过，在我们遥远的视野里，那刺痛我们的粗壮荆棘，只不过是随风摇荡的柔嫩枝条。感谢上帝，记忆就是如此——不断延伸的记忆链条上只有愉快的链环，而明天，我们就会对今日的苦涩和哀痛报以微笑。

一切事物最明亮的一面似乎也是它们最高贵、最完美的一面，因此，当我们短暂的生活沉入我们身后那黑暗的遗忘之海时，最后沉没的总是那些最明亮、最愉快的记忆。它们耸立在水面之上，久久留在我们的视野里；而愤怒的思绪和尖利的刺痛，则被深埋在海浪之下，不再增添我们的烦恼。

我猜想，正是往昔的这种魔力，才使得老人总是那样废话连篇地谈论他们的年轻岁月。那时的世界看上去定是个非常高级的所在，事情也更像它们应有的样子。那时的男孩就是男孩，女孩与现在的女孩也大异其趣。同样，那时的冬天更像冬天，夏天也根本不像今天我们不得不忍受的夏天那么恶劣。那个年代的奇人异事，放在今天，怕是要三个身强体壮的家伙才能相信一半。

我喜欢听我的一位老校友向年轻人讲述往昔的一切，他知道没人会反驳他。讲到最后，他要是没有信誓旦旦地说他儿时的月亮每夜都照临大地，他上小学时最迷恋的运动是披着毯子逗弄发狂的公牛，那才怪呢！

今夕何夕，古今同慨。我们祖辈年轻时代的老人，唱的也是这个调调；今天的年轻人将会对后代变本加厉地唠叨同样的废话。自亚当五十一岁生日起，他就开始嚷嚷：“噢，还我五十年前的美好往昔。”翻开一八三五年的文学作品，你会发现，那时的诗人和小说家也在要求同样的不可能的礼物，就像比他们早得多的德国游吟诗人那样，亦如比德国游吟诗人更早得多的斯堪的纳维亚传奇作者那样。古希腊的早期先知和哲学家也曾为此同声一叹。概乎言之，这个世界打从它被创造的那天起就每况愈下。我可以说，世界首次向公众开放的时候必定是个非常令人赏心悦目的所在，因为即使在今天，这个世界依然令人愉快，只要你尽可能待在阳光下，并在雨天保持好的心情。

当然，不可否认，在创世之初的那个露水熹微的早晨，世界还相当美好。那时，它年轻、新鲜；那时，数百万践踏的脚步尚未将它的青草踩为尘土，数不清城市的喧嚣也未将寂静永远逐除。人类的祖先们赤裸双足，宽衣大袍，在浩瀚苍穹之下与上帝携手漫步，生活在他们眼中想必高贵而庄严。他们住在阳光灿烂、畜哞声声的帐篷里。从大自然慈爱的手中，他们获取满足自己简单需要的东西。他们劳作、交谈、思考；巨大的地球在寂静中运行，尚未承载过多的烦恼和乖谬。

现在，那些日子已经过去了。人类宁静从容的童年时代，已经在遥远森林的空地上，在流水潺潺的小河旁，耗尽了它最后的时光，一去不返。人类生活堕入充满骚动、怀疑和希冀的成年期。安静平和的年代已经结束。工作尚未完成，前进仍须加速。然而，工作是什么？在上帝的伟大设计中，这个世界究竟占多少分量？我们对此一无所知，虽然我们的双手正在下意识地帮助完成这项工作。我们就像那些在黑暗的深海里忙碌劳作的小珊瑚虫，人人都为自己渺小的目标而努力拼搏，却不曾梦见我们为上帝营造的这个巨大建筑究竟是什么。

放弃对永远不再的往日时光的徒然追悔和渴念吧。我们的工作在我们前面，而不是后面，“前进”才是我们的座右铭。不要再抱臂空坐，凝望过去，仿佛它就是建筑本身，其实它只是基础。也不要再徒费心力，浪掷生命，思量生活从前的已然，却忽视它未来的或然！在我们坐叹失去的机会时，新的机遇正从面前一掠而过。我们不曾留意幸福的来临，因为我们总是专注于幸福的逝去。

许多年前，我常常在夜间流连徘徊于炉旁和童话乐土之间。我遇见一位真正骁勇的骑士。他曾征战四方，历克险境，谁都知道他是位勇猛无畏、久经考验的骑士，从不知什么是畏惧——或许，那些连勇士亦觉胆寒（但并不引以为羞）的社交场合应当除外。这天，骑士沿着一条陡峭的山路疲惫地策马前行。路险难行，他心思重重，忧烦满怀。头顶上悬着巨大的黑色山岩，看上去极有可能崩塌。于是，骑士在岩石底下平躺下来。两侧是陡峭的峡谷，在幽黑深邃的山洞里，住着凶残的强盗，以及下颚滴着鲜血的骇人巨龙。漆黑的夜幕，高悬于道路的上方。这一切攫住了那位优秀的骑士，使他不再奋力向前，而打算另寻出路，一条使他驯良的骏马少些险阻困扰的路。但是，当我们的骑士匆忙间转身回望，不觉大惊失色：看啊！他艰难跋涉过的来路，全都消失得无影无踪！他那匹战马的后蹄下裂开了一个巨大的缝隙，裂缝是如此之深，没人敢朝它的底部窥上一眼。勇敢的骑士明白已经没有了退路，他只好祈祷善良的圣·卡斯伯特①，勇敢而愉快地策马前行。最后安然无恙地走出了险境。

生活的道路没有回程。我们所踏过的时间危桥，每当我们迈出一步，它就沉入永恒。往昔一去不返，它被收集和储藏，不再属于我们。一言既出，驷马难追；一步既迈，百折莫回。因此，我们最好像那位真正的骑士一样，勇猛向前，不要因为没有退路而徒自悲哭。

每一秒钟都为我们开始一种新的生活。让我们愉快前行，去迎接它吧！不论我们愿意与否，都必须奋力前进；而且，目视前方总比张望身后能让我们走得更好。

有一天，一位朋友来找我，巧舌如簧地怂恿我学习某种惊人的记忆法，它可以让人记住所有的事情，没齿不忘。我搞不懂这位仁兄何以对此类名堂如此热衷。当我偶尔借到一把雨

---

① 圣·卡斯伯特（约634—687），英国著名的修道士、主教和圣徒。

伞，或者，当一把桥牌打到半中间的时候，我使出独门招式，叨咕一句“天啊，我还一直以为梅花是将牌呢”，只有这种时候才需要好记性。不管我这位朋友如何循循善诱，我还是拒绝了他的建议。老实说，我压根就不打算记住所有的事。对大多数男人来说，生活中的某些事情还是忘掉为好。遥想多年以前，曾有过那样的时刻，我们的行为不够体面、不够正直，我们或许干过一些愚蠢、卑鄙而错误的勾当，我们曾经糟糕地背离了那条完全诚实的道路，比这还要糟糕的是，这一切当时就被揭露了出来。噢，见鬼！我们受到了处罚，经历了徒然自责的疯狂时刻，品尝了耻辱的煎熬，承受了或许来自我们所爱的人的尖刻嘲讽。让我们忘掉吧。哦，时间老人，用你仁慈的双手，抹去我们沉重心头的那些痛苦记忆吧，因为伤心之事总是随着时间的到来而到来，而我们微弱的力量仅能支持到今天。

我并非主张过去的一切都应被埋葬。只是，记忆之弦如果因为绷得太紧而断裂，生活的音乐也就会哑然无声。应该从摩涅莫辛涅[①]的花园里连根拔除的，只是毒草，而非鲜花。你还记得狄更斯笔下那个“回忆缠身的人”吗？他为自己能够变得健忘而祷告，当愿望实现，他又为记忆重现而祈祷[②]。我们并不希望所有记忆精灵都离开我们，我们要避开的，只是那些形容枯槁、目光残忍的记忆恶魔。让那些温柔和善的记忆幽灵缠绕我们吧，只要它们愿意；我们并不害怕它们。

---

① 摩涅莫辛涅，希腊神话里的记忆女神，缪斯女神的母亲。
② 参见狄更斯的小说《回忆缠身的人与鬼魂的合约》。

啊，上帝！正如我们渐渐变老，世上的鬼魂也渐渐变多。我们要想见见他们若隐若现的脸庞，要想听听夜里他们衣裙的窸窸窣窣，大可不必到寂静阴森的墓地中寻寻觅觅，亦不必在沟壑纵横的农庄里假寐以待。每幢屋子，每个房间，每把吱吱嘎嘎的座椅，都有自己独特的鬼魂。他们在我们生活的空房间里神出鬼没；他们像秋风中飘旋的落叶，环绕在我们周围。有的依然活着，有的已经死去。我们无法分辨出他们。曾几何时，我们紧握他们的手，爱他们，与他们争吵，和他们一起欢笑，把我们的思考、希冀和目标告诉他们，他们也同样告诉我们这些，直到我们的心紧紧连在一起，仿佛足以蔑视死神微弱的力量。而现在，他们走了，永远离开了我们。他们的眼睛再也不会凝视我们的双眸，他们的声音我们再也听不见了。只有他们的鬼魂来到我们身边，和我们絮絮而谈。我们透过泪水，看着他们缥缈朦胧的身影。我们将怀念的双手伸向他们，触摸到的却是空气。

那些鬼魂们！他们和我们日夜相随。在阳光灿烂的繁忙街道上，他们就走在我们身旁。在灯光微明的家中，他们就坐在我们身边。我们看见他们从昔日教室的窗户里探头探脑的小脸。我们在树林中、小巷里，与他们蓦然相逢，儿时，我们曾在那里打闹嬉戏。

嘘——，你难道听不见他们在黑莓树丛后面的吃吃低笑？你难道听不见他们在青草萋萋的林间空地上的遥远呼喊？看这儿，穿过寂静的田野，靠近树林的旁边，黄昏的暗影漫地而来。风，吹过小路，我们曾常常于日落时分在这里守候她。看哪！这会儿她就在那儿，多么熟悉那优雅的白色衣裙，纤纤小手晃动着那顶无沿女帽，阳光般的褐发在风中凌乱飞扬。虽然我们知道，她远在关山之外，她已经死了！但这又有什么关系？此刻，她就在我们身边。我们能凝视她含笑的双眸，我们能聆听她动人的声音。她将消失在林边的篱墙旁，留下我们独自彷徨；阴影，悄无声息地漫过田野；夜晚的风，吹拂往昔的呻吟。鬼魂们啊！当这悲惨陈旧的世界对长别的哭泣发出回声，当残酷的航船向着大海的深处越驶越远，当冰冷的绿土沉重地覆上我们所爱的人的胸膛，而鬼魂，永远和我们在一起，并且永远是鬼魂。

噢，鬼魂们啊，这个世界没有你们将会更加悲惨！到我们这里来吧，对我们倾诉衷肠，啊！我们往日所爱的人的鬼魂啊。儿时玩伴的鬼魂，昔日恋人的鬼魂，老友们的鬼魂，所有嬉戏的少男少女的鬼魂，啊，到我们这里来吧，和我们在一起吧，因为世界是如此孤独，新朋友新面孔比不上老朋友老面孔，我们不爱他们，不，我们不会像爱你们那样与他们一同欢笑。啊，我们青年时代的鬼魂们，当年我们携手同行，世界多么欢乐、明亮；而现在，这世界已经老去，我们也身心憔悴，只有你们，才能将光明和清新带还给我们。

记忆，是珍奇的鬼魂酵母。就像一幢鬼魂出没的房子，它的墙壁总是回荡着看不见的脚步声。透过残破的窗扉，我们窥见死者飘忽的身影，而其中最悲伤的影子，正是我们死去的自我的影子。

啊，那些年轻、欢乐的脸庞，洋溢着真实和尊严，以及纯洁善良的思想和高贵的渴望！它们用深邃清澈的眼睛俯视我们，目光里饱含责备！

可怜的少年，恐怕他们太有理由悲哀了。打从我们开始刮胡子的年龄起，欺骗、狡诈和怀疑就爬满我们的心房，而我们原本立志要成为一个伟大而高尚的人。

我们不能预知未来，这真是件值得庆幸的事。要知道，只有极少数十四岁的男孩不会对四十岁时的自己感到羞愧。

我喜欢时不时地坐下来，和那个古怪的小家伙聊聊天，他其实就是多年前的我。我想他也喜欢这样，因为在夜里，每当我独自衔着烟斗，聆听炉火的低语时，他常常会来到我身边。我看见他神情庄严的小脸透过缭绕的烟雾望着我。我对他笑笑，他也对我笑笑。不过，他的笑是那样严肃，那样老成。我们聊着过去的时光。他偶尔会拉起我的手，于是我们就闪过壁炉的黑色铁栅，跳下火光微暗的炉膛，来到炉火背后的空地上。在那里，我们找回了从前的时光，我们和过去的日子一起流连徘徊。他一边走，一边告诉我他的想法和感受。我不时嘲笑他，但马上就深自懊悔，因为他看上去是那样严肃，我为自己的轻佻而羞愧。再者说，这样的言行举止，对于一个年纪要远长于“我自己”（在我成为现在的自己之前，那个小家伙就是“我自己”）的老家伙而言，恐怕不能算是得体。

起初我们聊得并不多，只是互相对视着：我俯看着他满头的鬈发，还有他那个蓝色的小蝴蝶结；他一边小跑，一边歪起头仰视着我。然而，不知为什么，我觉得他那对害羞的圆眼睛对我并不是很满意。他发出一声轻叹，像是很失望。过了一会儿，他的羞涩消失了，开始和我闲聊起来。给我讲他最喜欢的童话故事；他会背从一到六的乘法口诀；他有一只豚鼠；爸爸说，童话都是假的，这难道不叫人遗憾么？他多么想成为一名骑士，与巨龙搏斗，娶一位美丽的公主。

到了七岁，他对生活的看法就更实际一些了。他愿意长大成人，做个船员，挣很多钱。没准这正是坠入情网的结果，他大约就是在那个时候开始恋爱的。那年他六岁，爱上了牛奶店的那个女孩（愿上帝保佑她那对总在跳舞的纤足，别管它们现在长成什么尺寸）。想必他非常喜欢她，因为有一天，他把自己最主要的财产送给了她。那是一把挺大的随身折刀，带有四把生锈的刀片和一个开塞钻。后来，那东西不知何故扎进了它主人的大腿里。她是个惹人喜爱的小家伙。当时，就在牛奶店的外面，她伸出胳膊搂住了他的脖子，为他的慷慨馈赠而吻了他。然而，愚蠢的世人（隔壁雪茄店里的男孩就是其中之一）居然讥笑这爱情的信物。为了此事，我年轻的朋友本准备对隔壁雪茄店里的男孩的脑袋饱以嫩拳，结果非但没能如愿，反倒被隔壁雪茄店里的男孩猛敲了自己的脑袋。

然后，学校生活带着它苦涩的小烦恼、愉快的喊叫和欢乐的嬉戏到来了，还有热泪横流的拉丁文语法以及愚蠢的习字簿。也正是上小学时，他因为练习德语发音而毁了自己的一生

（我坚信如此）。同样是在那时，他领教了法兰西民族是多么看重钢笔、墨水和纸。他遇到的每一个法国人，问他的第一个问题都是“你有钢笔、墨水和纸吗？”另一个家伙照例一样也没有，倒是说他兄弟的叔叔三样东西全有。第一个人似乎没有兴趣纠缠另一个人的兄弟的叔叔，眼下他想知道的是：另一个人的妈妈的邻居有没有钢笔、墨水和纸。“我妈妈的邻居没有钢笔，没有墨水，也没有纸。”另一个人答道，开始有些不耐烦。“你的女园丁的孩子有钢笔、墨水和纸吗？”这下难倒了第一个人。等每一个人都被那些该死的钢笔、墨水和纸折腾够了以后，就该轮到他的女园丁的孩子没有钢笔、墨水和纸了。这样的发明令所有的人都张口结舌，当然，法语教科书里的那个家伙除外。但对那个不知羞耻的家伙而言，这些东西压根就没什么用途。他从未想到过道歉，而只是说他姑姑有些芥末。①

收获了这些多少算是无用的知识，不久就愉快地忘得一干二净，童年时代就这样去了。红砖校舍从视野里渐次消失，我们摔落到世界的公路上。我的小朋友现在已不再年少。当年的短上衣已经长出了尾巴，那顶破旧的帽子已经悄然长高、闪闪发亮，遥想当年，它曾兼做手帕、水杯和攻击武器，算是派上过大用场。嘴里叼的已经不再是石笔，而是香烟。那烟叫他好不难受，因为它竟然钻进了自己的鼻孔。不久之后，为了显得更有派头，他试着抽雪茄——一支大号的黑色哈瓦那雪茄。他

① 作者这里所说的是初级法文课本上的会话练习。

对雪茄似乎不是很适应，因为我随后发现他坐在厨房的背后呕吐，并庄严起誓：再也不抽烟了。

现在，他的胡子用肉眼差不多都能看得出来，于是他马上就喝起了白兰地加苏打，并以男子汉自命；他谈论着“二赔一赌那匹大家都看好的赛马”；提到女演员时，他亲昵地称她们“小艾米”、“凯特”和“贝贝”；他唠叨着自己“那夜输掉了一局纸牌”，听口气像是暗示他已经挥霍掉了数以千计的英镑，不过，说句公道话，他输掉的数目最多可能是一镑两便士。另外，倘若我没有看错的话（在记忆的领地里，光线总是很微茫），他在自己眼睛上放了一个镜片，碰到什么东西都会摔跤。

他的女性亲属总是为诸如此类的事情而揪心，为他祷告（祝福她们的温柔心肠），并深刻地预见老贝利法院①的审判和绞索应该是这种浪荡行为唯一可能的结果。他初级小学的校长曾经断定他没有什么好下场，这被视为必将应验的预言。

在这个年龄，他对异性怀有贵族式的傲慢，对自己期许甚高，而对家族里其他的年长男性则持一种温文尔雅、居高临下的态度。总而言之，必须承认，这一时期他多少算是一个令人生厌的家伙。

但那个时期并没有持续太长的时间。没多久他就坠入情网，这使他很快就学会了吹牛。我注意到他的靴子对现在的他来说实在太小，头发也梳得一丝不苟。他比平时更多地读阅诗

---

① 老贝利法院，伦敦中央刑事法庭。

歌，并在卧室里放了一本诗韵辞典。每天早上，爱米丽·简会在地板上发现撕碎的纸片，在上面可以读到“残酷的心与爱情的利箭”，“美丽的双眸与恋人的叹息”，以及更多的老掉了牙的歌谣。少男们非常喜欢吟唱它们，少女们虽说也很喜欢听，却甩着她们娇美迷人的脑袋，装作从来不听的样子。

然而，爱情的进展似乎不太顺利，因为后来他更热衷于散步锻炼，而且睡眠甚少，可怜的孩子，那已经超出了他能承受的程度。他的脸上暗示出各种可能，只是婚礼的钟声和幸福并没有随之而来。

就在这个节骨眼上，他仿佛消失不见了。我们散步的时候，那个在我身边长大的、小小年纪、孩子气十足的自我，突然，彻底消失了。

我独自一人，路很黑。我跌跌撞撞。既不知道怎么走，也不在乎怎么走，那条路看来也不知道要把我带向何方，那儿并没有引领方向的明灯。

终于，天亮了。我发现我已长成了我自己。